Elke Ahrens

Nordseekrimi im Advent

24 Kurzkrimis mit Mordstimmung hinterm Deich –
Friesische Kälte, heiße Spuren & täglich ein neuer Fall
zum Miträtseln

1. Auflage
LE Unlimited

EINLEITUNG

„Der Nebel fraß das Licht der Laternen, als Britta durch die schmale Gasse am Hafen ging. Ihre Schritte hallten dumpf vom nassen Pflaster wider. Irgendwo klirrte eine Metalltür im Wind. Sie blieb stehen, lauschte – und spürte, dass sie nicht allein war. Eine Bewegung im Schatten, ein Atemzug hinter ihr. Dann dieser kalte Druck in ihrem Nacken, der alles veränderte."

Die Nordsee im Winter hat ihren eigenen Herzschlag. Zwischen Sturmflutwarnungen und langen Nächten trägt der Wind Geschichten mit sich, die niemand hören will – und doch erzählt werden müssen. Hinter jeder Seite lauert ein neuer Abgrund, eine Spur im Sand, die von der Flut fast ausgelöscht wird, und doch die Wahrheit verrät.

Diese 24 Kurzkrimis führen durch eine Adventszeit, die nicht nur nach Zimt und Kerzenschein duftet, sondern auch nach Salz, Eisen und kalter Angst. Jeder Tag bringt ein Stück Küste, ein Stück Geheimnis und ein Stück Dunkelheit mit sich.

Und während draußen die See tost, darfst du dich bei jeder Geschichte fragen: Welches Geheimnis wartet hinter dem nächsten Deich?

1

DIE STILLE AM SCHÖPFWERK

Der Wind wehte über den Deich, jagte eine Wolkenfront über den grauen Himmel und ließ die rostigen Türen des alten Schöpfwerks ächzen. Kira Danning stand still und lauschte. Es war die besondere Art von Stille, die nur der Winter kennt. Sie war nicht die Ruhe des Sommers, die nach Freiheit roch. Sie war eine kalte, dumpfe, fast feindselige Leere.

Das Wasser im Becken war schwarz und ruhig. Nur das Krächzen einer Möwe, die im Nebel verschwand, zeigte, dass hier noch etwas lebte. Kira zog den Reißverschluss ihrer Jacke höher und schob die Hände in die Taschen. Die Kälte kroch ihr durch den Stoff, biss in die Haut, und sie spürte, wie sich das Salz der Luft auf ihren Lippen absetzte. Seit drei Monaten lebte sie im alten Reetdachhaus ihrer verstorbenen Tante am Rand von Wremen. Weg von Bremen. Weg von allem. Sie war nicht gekommen, um die Ruhe zu suchen, aber sie hatte sie gefunden. Bis heute Morgen.

Ein Baggerfahrer hatte sie angerufen. Ein Mann mit wenig Worten, ein Gesicht mit vielen Falten, Gummistiefel, die noch nach Schlick rochen. Er sagte: „Da liegt etwas." Dabei klang er so sachlich, als wäre es ein Baumstamm. Aber was Kira am Schöpfwerk sah, war gefährlich. Ein Mann in seinen Vierzigern, mager, mit Bartstoppeln im Gesicht, ein Parka voller Salzkrusten und Schlick. Das Gesicht ist halb im Schlamm. Sie haben keinen Ausweis und kein Handy. Ein tätowierter Seestern zierte seinen Unterarm. Die Linien waren ausgefranst und verwaschen. Er hatte zu lange auf See verbracht. Sie kniete sich neben ihn und spürte den kalten Wind an ihrem Rücken. Seine Haut war fahl und grau. Sie dachte, er könnte die Augen aufmachen und etwas sagen. Aber er blieb stumm.

Die Polizei aus Bremerhaven übernahm den Tatort. Zwei junge Männer mit schnellen Blicken und noch schnelleren Handgriffen. Fotos, Protokolle, kurze Fragen. Für sie war der Tote nur ein Fall in der Statistik. Für Kira war er mehr. Vielleicht, weil er sie angesehen hatte. Oder weil sie dachte, dass er um Hilfe schreit. Sie war geblieben, nachdem die Polizei weg war.

Der Wind wurde stärker, das Wasser reichte schon bis an die Ränder des Sees. Kira setzte sich hin. Der Schlick sog an ihren Stiefeln. Da entdeckte sie einen kleinen weißen Schlüsselanhänger. Er war halb unter einer Schlammschicht verborgen. Sie wischte den Schlick ab. „Dorn & Söhne – Dorum-Neufeld." Ein Betrieb, der Fische verarbeitet. Sie erinnerte sich: Vor ein paar Wochen war sie dort gewesen und hatte zufällig einen Streit mitgehört. Damals hatte sie weggesehen. Heute wünschte sie, sie hätte es nicht getan.

Am nächsten Morgen fuhr Kira nach Dorum-Neufeld. Der Ort wirkte verschlafen, das Licht grau, der Himmel schwer. Der Fischbetrieb lag am Hafen. Es war ein langer Betonbau mit silbernen Rohren, die in den Himmel ragten. Es roch nach Rauch, Fisch und Desinfektionsmittel. Vor der Halle saß eine Frau in einem Rollkragenpullover und Zigarette. Ihr Blick war ruhig, aber nicht freundlich. „Ich suche Frau Dorn", sagte Kira.
„Vor Ihnen", kam die knappe Antwort. Ihre Stimme klang rau und fest, aber nicht wie die von Norddeutschen. Er wollte ernst genommen werden und hat deshalb seinen Dialekt abgelegt. Kira zeigte ihr den Anhänger. „Kennen Sie das?"
Frau Dorn blies den Rauch weg. „Ja, alte Schlüsselanhänger für Mitarbeiter. Wieso?"
„Der Mann, den man gestern am Schöpfwerk gefunden hat, hatte ihn dabei."
Sie zuckte leicht mit dem Gesicht. „Carsten Römer."
„Kannte er ihn?" Kira wusste, dass es kein Zufall war.

Frau Dorn nickte. „Er hat mal bei uns gearbeitet. Ein guter Mann. Aber nach dem Tod seines Bruders... na ja. Er war nicht mehr derselbe."
„Was ist mit dem Bruder passiert?"
„Ertrunken. Kontrollgang am Siel. Die Flut kam schneller als gedacht. Es war dunkel, niemand hat etwas bemerkt. Nur Carsten. Er war betrunken. Danach beschuldigte er alle, sie hätten ihn absaufen lassen. Es war ein Unfall."

Kira hörte das Wort, als sie den Hof verließ. Der Wind war stärker geworden. Ein Sturm kündigte sich an. Die Möwen schrien laut, als wollten sie die Wahrheit sagen, die hier zwischen Beton und Salzluft schwebte. Sie fuhr zurück nach Wremen und dachte die ganze Zeit an Carsten Römer. Sie sah ihn vor sich, das verwaschene Tattoo, den Salzschlamm auf seiner Jacke. Menschen wie er waren wie die Buhnen im Watt – vom Wasser gezeichnet, aber standhaft, bis der Sturm sie brach. Warum war er in dieser Nacht allein draußen gewesen?

Kira träumte in dieser Nacht von Bremen. Sie sah den Mann wieder vor sich, die Pistole in seiner Hand, den Schweiß auf seiner Stirn. Sie hörte ihre eigene Stimme. Sie rief: „Lass die Waffe fallen!" Und dann das Zucken seiner Finger, ihr Schuss, der Knall. Das Blut auf dem Pflaster. Alle sagten, es war Notwehr. Nur in ihrem Kopf klang es anders. Deshalb war sie hier. Auf Abstand. Aber die Leiche am Schöpfwerk holte sie zurück in die Welt, aus der sie weg wollte. Sie wachte schweißgebadet auf, während der Wind um das alte Haus ihrer Tante heulte. Das Heulen klang wie Stimmen. Es klang wie ein Mahnmal für alles, was nicht gesagt wurde.

Am nächsten Tag rief sie Jonas an. Er war ihr Kollege. Seine Stimme klang überrascht und vorsichtig.
„Kira? Ich dachte, du willst deine Ruhe."
„Ich will nur eine Antwort. Der Tote von Wremen – habt ihr den Obduktionsbericht?"
„Das ist nicht mehr dein Fall."
„Jonas, bitte. Nur ein Satz."

Es ist still. Dann hörte sie, wie er ausatmete. „Er ist nicht ertrunken. Er hat Hypothermie. Erfroren, bevor die Flut kam." Kira griff fester nach dem Telefonhörer. Das änderte alles. Carsten Römer ging nicht ins Wasser. Er war gefallen. Oder gestoßen worden. Und dann hat man ihn liegen gelassen.

Am nächsten Morgen stand sie wieder vor dem Fischgeschäft. Diesmal ließ man sie nicht durch. Ein junger Mitarbeiter mit blonden Locken stellte sich in den Weg.
„Keine Besucher."
Sag Kira Danning, dass Frau Dorn sie sprechen will. Sie sagte es mit der Stimme, die sie als Kommissarin oft benutzt hatte – ruhig, aber nicht verhandelbar.

Kurz danach kam Frau Dorn.
„Was wollen Sie noch?"
„Er ist nicht ertrunken. Er ist erfroren." Kira sah ihr fest in die Augen. „Ich glaube nicht an Zufälle."
Frau Dorn sah etwas verwirrt aus. „Wenn Sie etwas wissen, gehen Sie zur Polizei."
„Ich bin nicht mehr bei der Polizei."
„Dann benehmen Sie sich auch so."

Frau Dorn schloss die Tür. Kira blieb stehen und schaute auf die Halle. Sie stellte sich vor, wie Carsten hier gearbeitet hatte und vielleicht hier geraucht hatte. Der Wind wehte ihr ins Gesicht und sie roch nach Fisch und Metall. Das störte sie.

Drei Tage vergingen. Das Wetter wurde schlechter. Regen und Wind peitschten gegen die Fenster. Dann rief Jonas wieder an.
Ein Fischer hat sich gemeldet. Er hat Carsten nachts gesehen, vor dem Betrieb. Streit mit großem Mann in dunkler Jacke. Er konnte den Namen nicht verstehen.

Kira erinnerte sich an den Streit vor Wochen. Zwei Männer. „Ihr habt ihn absaufen lassen!", hatte Carsten gebrüllt. War es derselbe Mann? Hat jetzt vielleicht jemand das letzte Wort? Sie wusste, dass sie zu nah dran war, um es loszulassen.

Am Nachmittag fuhr sie zum Schöpfwerk. Die Flut ging zurück und das Watt glänzte wie schwarzer Stahl. Kira setzte sich auf die Betonmauer und sah dem Wasser nach. Der Tote war weg. Nur die Kälte war noch da. Sie dachte an Bremen und die Nacht, in der sie geschossen hatte. Es war plötzlich genauso still wie hier. Manchmal hatte sie das Gefühl, dass Carstens Schatten hier war und auf jemanden wartete, der ihn nach Hause holte.

Am nächsten Tag versuchte sie es noch einmal. Sie beobachtete den Fischbetrieb, saß im Auto und schaute über den Hof. Sie sah Frau Dorn mit einem Mann reden, den sie nicht kannte. Groß, breitschultrig, dunkle Jacke. Er zeigte aufgeregt mit den Händen und der Wind brachte ein paar Worte von dem Gespräch zu ihr.
„Kein Wort ... zu gefährlich ..."

Dann sah er sie. Sie trafen sich kurz. Da war etwas Kaltes in seinen Augen, ein kurzer Blitz, der ihr sagte, dass er wusste, wer sie war. Sie wartete, bis sie allein war, dann ging sie zu Frau Dorn.
„War das der Mann, der mit Carsten gestritten hat?"
Frau Dorn schaute weg. „Ich habe nichts mehr zu sagen." Dann verschwand sie.

Die Polizei ermittelte erneut. Ein Mitarbeiter des Betriebs wurde befragt, aber nach ein paar Stunden wieder freigelassen. Es gibt keine Beweise oder Zeugen. Das Watt schluckte alles. In der Akte stand „Kein Mord". „Kein Täter." Aber Kira wusste es besser.

Sie hatte gelernt, die Stille zu lesen. Das Schweigen hier erzählte mehr als alle Worte. Es war kein Mord geplant. Nur Streit. Zu viel Wut. Zu viel Angst. Und ein Mann, der zu schwach war, um sich gegen das Eis der Nacht zu wehren.

Manchmal kam sie wieder hierher. Sie stand am Rand des Sees und sah den Möwen zu. Das Wasser kam, das Wasser ging. Immer wieder. Das Schöpfwerk war still. Es erzählte seine Geschichte, aber niemand hörte zu.

2

BLUTIGE EBBE

Das Hafenbecken von Neuharlingersiel lag in den frühen Morgenstunden ruhig da. Es war windstill und das Wasser schlug gegen die Pfosten. Es war Morgen und noch etwas duster. Über dem Restaurant kreisten Möwen. Der Geruch von altem Tang, Diesel und kaltem Frittierfett mischte sich zu einer vertrauten Note. An einem stillen Morgen sah das Meer so aus, als würde es kurz innehalten, bevor es wieder weiterrollt.

Am Ende des Stegs saß Kapitän Hinnerk Thomsen. Seine Beine hingen über dem schwarzen Wasser. Er rauchte eine Zigarette. Neben ihm stand ein Emaillebecher mit kaltem Kaffee. Die Oberfläche war ölig. Thomsen wirkte entspannt. Er schaute starr auf den Kutter „Nordlicht", der ruhig am Kai lag. Der Lack war ab, Seile hingen schlaff über die Reling. Das Schiff schien still zu sein. Es war erst in der Nacht zurückgekommen. Nur zwei Männer waren ausgelaufen: Thomsen und Jan-Willem, ein 22-jähriger Mann aus dem Nachbardorf. Er wollte sich ein paar Euro dazuverdienen, um für den Winter einen alten Wagen flott zu machen.

Jetzt lag der Kutter wieder hier, mit allem, was dazugehörte – nur Jan-Willem fehlte. Thomsen sagte, er habe geschlafen. Als er aufgewacht ist, war der Junge weg. Vielleicht über Bord gegangen. Es hieß, es sei ein Unfall gewesen. Wenn jemand fragte, zuckte Thomsen nur mit den Schultern. Sein Blick half nicht.

Kommissarin Neele Berends kam aus Wilhelmshaven. Sie war nicht neu in solchen Fällen. Viele Fischerorte und kleine Gemeinschaften hüllten sich in Schweigen, wenn man nachbohrte. Offiziell war es ein „unklarer Vorfall" – zu wenig für Mord, zu viel für eine einfache Akte „Seeunfall". Aber in den letzten Monaten gab es hier ein paar komische Sachen: verschwundene Ladung, seltsame GPS-Daten, Hinweise von anonymen Stimmen, die dann wieder aufhörten, wenn sie aufgetaucht waren. Neele mochte die Küste, das Salz in der Luft und das Wasser. Aber sie wusste auch, dass es hier Dinge gab, die man nicht sah. Die Menschen in Neuharlingersiel sahen aus wie zerknitterte Seekarten: von Wind und Salz gezeichnet, undurchdringlich. Wenn jemand starb, wurde nicht geweint, sondern genickt. Wenn jemand verschwand, wurden die Schultern gezuckt. Wenn jemand fragte, schwieg man.

Die Hafenbar war ein kleiner, holzverkleideter Raum mit trübem Licht. Drinnen saßen Männer und spielten Würfel. Als Neele kam, wurde es still, aber das Würfeln war zu laut. Sie sagte nichts und bestellte nichts. Sie sah die harten Wangenknochen, die tiefen Furchen und die müden Augen. Einige sahen zu Boden, andere musterten sie kurz und starrten dann wieder auf ihre Hände. Dann ging sie aus dem Raum. Sie wusste, dass man sie gesehen hatte. Man wusste, warum sie hier war.

Am nächsten Morgen fuhr Neele zu Martje, Jan-Willems Mutter. Das Haus lag am Rand der Salzwiesen. Es war windschief und der Garten bestand aus Muscheln und alten Netzen. Martje war eine schlanke Frau mit schmalem Gesicht und wachen Augen. Sie stand am Fenster, als Neele kam. Sie schaute auf das Watt, das im grauen Licht dampfte.

„Er war vorsichtig, mein Junge", sagte sie ohne Umschweife. „Er hat Schwimmen gehasst. Er hätte nie am Rand gestanden. Schon gar nicht nachts."
„Hat er mit jemandem Streit gehabt?", fragte Neele.
Martje dachte nach. „Es gab mal Ärger wegen eines Netzes. Ein anderer Fischer hat ihn beschuldigt, es genommen zu haben. Aber das war Wochen her. Sie haben sich ausgesprochen. Jan-Willem ist nicht nachtragend."

Sie seufzte, setzte sich und goss Tee ein. Es roch nach Schwarztee und Zitronenschale. Neele trank einen Schluck. Er wärmte, aber er brachte keine Klarheit.
„Er wollte sterben", sagte Martje. „Ich will ein Auto kaufen und vielleicht eine Ausbildung in Bremen machen. Er hat geträumt, aber Träume haben hier keine Bedeutung." Ihre Stimme brach

kurz, dann fing sie sich wieder. „Er wäre nicht einfach gefallen. Das weiß ich."

Zurück im Hafen. Die „Nordlicht" schaukelte leicht mit der Strömung. Es war, als würde sie sich wiegen. Neele kam auf das Deck. Die Holzplanken knarrten unter ihren Stiefeln. Sie untersuchte die Kajüte, die Reling und den winzigen Schlafbereich. Unter der Matratze roch es nach Tabak und Schweiß. Dann sah sie eine kleine, fast eingetrocknete Blutspur am Geländer. Sie war so klein, dass man sie leicht übersehen konnte. Das Labor hat bestätigt, dass Jan-Willems Blut und seine DNA übereinstimmen. Keine offensichtliche Verletzung. Kein Unfall?

Ein alter Fischer kam zu ihr, als sie wieder am Kai stand. Sein Gesicht hatte viele Falten und seine Hände waren von der Arbeit mit dem Tauwerk gezeichnet. „Ich hab was gehört", murmelte er.
„Was denn?"
„In der Nacht. Gegen drei Uhr. Ein Schlag. Dumpf. Dann war Ruhe. Kein Rufen, kein Motor. Nur dieser Knall. Wie Holz auf Metall."
„Welcher Kutter war es?"
Der Alte zuckte die Schultern. Wenn man nicht schlafen kann, hört man viel. Mehr wollte er nicht sagen.

Neele fragte weiter. Sie sprach mit Männern, die nicht sprechen wollten, und hörte zwischen den Zeilen. Einer, ein junger Mann mit Piercing und Schirmmütze, sagte, Thomsen sei „anders" geworden. Manchmal habe er auch außerhalb der Quote gefischt. Andere flüsterten von Barzahlungen, von Kisten, die niemand offiziell meldete. Niemand konnte ihr beweisen, was passiert war, nur Gerüchte.

Später sprach sie erneut mit Thomsen, diesmal nicht am Hafen, sondern in einem alten Lagerhaus. Der Kapitän wirkte nervös, als er sie sah, er schaute weg. „Sie wissen, dass Sie mir alles sagen müssen, wenn Sie nicht tiefer hineingeraten wollen", sagte Neele ruhig. Thomsen sagte nichts, aber er zögerte. Er hatte Angst. Er wusste, dass er zu weit gegangen war.

Das GPS zeigte, dass der Kutter in der Nacht in der Nähe eines alten Wracks vor Baltrum gewesen war. Ein Ort, der als gefährlich galt: Strudel, rostiges Metall, ein Boden, der Netze verschluckte. Neele charterte ein kleines Boot und fuhr selbst raus. Das Meer sah glatt aus, als wüsste es, was dahinter ist. Sie fand ein zerrissenes Netz, das an einer Boje hing, und einen schwarzen Handschuh darin. Ein Stück Stoff hing daran. Das Labor hat bestätigt, dass es von Jan-Willems Jacke kam.

Zurück im Hafen hat sie Thomsen gefragt, was los ist. Der Kapitän stand an der Reling und rauchte. Er schaute ins Nichts.
„Sie waren am Wrack", sagte Neele.
Er wandte sich nicht um. „Quatsch. Niemand fährt da raus."
„Ihr Netz war dort. Es gibt einen Container. Und Blut auf Ihrem Boot." Ihre Stimme war zu ruhig.

Thomsen zog an der Zigarette. Dann schüttelte er den Kopf.
„Manchmal macht man Dinge, die man nicht machen will."
„Was ist passiert, Kapitän?"
Er schaute sie an. Seine Augen waren müde.
„Er hat etwas gesehen, was er nicht sehen sollte."
„Was denn?"
„Ich hab Fisch entladen. Schwarz. Ein paar Kisten, nichts Großes. Aber er hat gefragt. Er hat gesagt, dass er nicht mitmachen will. Hat gedroht, zur Polizei zu gehen."
„Und dann?"
„Ich wollte nur reden. Ich habe ihn eingepackt. Er ist gestolpert. Mit dem Kopf gegen die Reling. War bewusstlos. Ich dachte, er ist tot. Ich habe Panik bekommen."

„Und dann?"
„Ich habe ihn ins Wasser gelassen. Das Meer nimmt vieles." Seine Stimme brach.

Neele rief Verstärkung. Thomsen wehrte sich nicht, als ihm die Handschellen angelegt wurden. „Ich wollte das nicht. Ich schwöre", sagte er noch, während man ihn abführte. Zwei Tage später wurde Jan-Willems Körper am Strand von Langeoog gefunden. Die Leiche war noch am Leben, als sie ins Wasser kam. Bewusstlos, aber lebendig. Der Tod kam langsam, kalt und einsam.

Martje saß am Küchentisch, als Neele ihr die Nachricht brachte. Es gibt keinen Schrei und kein Weinen. Sie sagt nur: „Ich habe es gewusst."

Der Fall ist jetzt offiziell geschlossen. Neele bleibt noch zwei Tage. Sie ging jeden Morgen an den Hafen und setzte sich in ein kleines Café. Von dort aus konnte man die Krabbenkörbe, die Möwen und das unruhige Wasser sehen. Ein alter Mann erzählte ihr von früheren Unfällen und Stürmen, bei denen Schiffe und Menschen verschwunden waren. „Das Meer vergisst nichts", sagte er und blickte aufs Meer. „Es gibt alles wieder von sich – irgendwann."

Am Abend ihres letzten Tages ging sie den Deich entlang. Der Himmel war kupferfarben, der Wind war kalt. In der Ferne sah man den Leuchtturm von Wangerooge. Er gab Orientierung in der Dunkelheit. Sie blieb stehen und sah aufs Wasser. Es glitzerte und zog sich zurück. Sie fragte sich, wie viele Wahrheiten wohl da draußen lagen, tief im Schlick.

Das Watt vergisst nicht. Es wartet nur. Manchmal, in einer stillen Nacht, kommen alle Probleme wieder hoch. Auch die Schuld, die man loswerden wollte.

3

SCHATTEN ÜBER DEM LEUCHTTURM

Die letzten Sonnenstrahlen schienen auf das Watt. Das Wasser war weg, aber im Sand waren noch Rillen, die glitzerten. Über allem ragte der rot-weiße Leuchtturm von Pilsum auf. Sein Schatten lag auf dem Deich. Lene Carstens zog den Wollschal enger um den Hals und lauschte dem Rauschen des Windes. Seit drei Jahren war sie hier die Leuchtturmwärterin. Das ist eine Arbeit, die heute fast anachronistisch wirkt, weil es automatisierte Systeme gibt. Für sie war der Turm ein Vermächtnis. Schon als Kind hatte sie ihrem Großvater zugesehen, wie er das Licht überprüfte.

An diesem Abend fühlte sie sich aber anders. Die Luft war schwer. Das Knacken der Holzstufen unter ihren Stiefeln klang lauter als sonst. Kurz bevor sie die kleine Kammer mit den Laternen erreichte, hörte sie es – ein leises Klirren wie von Glas, das zu Boden fällt. Sie blieb stehen. Sie dachte, sie hätte sich verhört. Dann hörte sie ein dumpfes Rollen, als ob jemand mit dem Fuß gegen Metall gestoßen wäre. Lene ging schneller. Die eiserne Luke quietschte, als sie sie aufstieß.

Was sie vorfand, ließ sie innehalten. Am Boden lag eine zerbrochene Glasflasche und eine dunkle, klamme Jacke. Sie gehörte ihr nicht. Lene spürte, wie ihr Herz schneller schlug. Sie ging näher an die Luke und guckte hinunter. Am Turm waren frische Spuren im Sand. Große, kantige Stiefelabdrücke, die von der Küste kamen. Es war niemand zu sehen, nur die graue, fast schwarze Weite des Watts. Es regnete leicht.

Sie nahm instinktiv die Taschenlampe, obwohl das Licht des Leuchtturms schon an war. Sie hörte minutenlang zu. Nur Wind und Möwen. Schließlich schloss sie die Luke, um den Vorfall zu vergessen, und verriegelte sie.

Die Nacht brachte keinen Schlaf. Sie hörte Schritte auf der Treppe. Der Turm schien selbst zu atmen.

Am nächsten Morgen hing der Himmel wie eine schwere, graue Decke über der Küste. Das Watt sah aus wie eingefroren. Lene war noch ganz wach, als ein Spaziergänger mit seinem Hund am Strand war. Er rannte schreiend zu ihrem Leuchtturm. Er hatte eine Gestalt entdeckt. Es war ein Mensch, der nur noch halb im Wasser war.

Die Polizei war schnell da. Der Tote war ein Mann, Mitte fünfzig, mit blassem Gesicht und dicker Nase. Neben ihm lagen ein alter Schlüsselbund und eine verrostete Metallschachtel. Der Deckel ließ sich nicht mehr öffnen. Lene schaute vom Deich aus zu, wie die Beamten das Gebiet absperrten. Sie fühlte ein Ziehen im Bauch, als sie den Kommissar sah, der aus einem dunklen Wagen stieg. Joris Ehlers aus Emden ist groß und sieht ernst aus. Er wirkte wie jemand, der mehr sah als andere – nicht nur das Offensichtliche, sondern auch das, was zwischen den Zeilen lag.

„Frau Carstens?" Seine Stimme war tief und ruhig, als er auf sie zukam.
„Haben Sie etwas gesehen?"
„Nur gehört", sagte Lene. Sie erzählte ihm von der Jacke und den Spuren am Abend zuvor. „Ich habe nichts angerührt. Vielleicht gehört sie dem Mann."

Joris schaute sie kurz an, als versuche er, ihre Gedanken zu lesen. Dann nickte er und die Spurensicherung nahm die Jacke mit. Er schaute zum Leuchtturm. Der stand allein in der Landschaft. Er dachte, dass der Leuchtturm mehr Geheimnisse hat, als man von außen sehen kann.

Die Ermittlungen ergaben, dass der Tote Ralf Sörensen hieß. Ein Mann, der die Küste kannte und immer ein wenig aus der Bahn geraten war. Ein Mann, der früher Fischer war, aber schon lange Alkohol trinkt. Er hat kein Zuhause und arbeitet nur manchmal. Abends geht er in die Kneipe. In seinen Taschen fand man etwas Merkwürdiges. Ein Zettel mit der Botschaft „Schuld begleichen."

Joris fuhr nach Greetsiel, wo Sörensen zuletzt gesehen wurde. Der Wirt der Hafenkneipe, ein stiller Mann mit faltigem Gesicht, zögerte, bevor er sprach.
„Der Ralf hat letzte Woche wieder rumgepöbelt. Der Hafenschuppen ist neu. Die Fundamente sind kaputt. Hat geschrien, das bringe noch Unheil. Hat sich mit einem Bauunternehmer geprügelt. Aber man weiß nicht, ob er die Wahrheit sagt."

Joris gab keine Ruhe. Diese Bemerkung erinnerte ihn an seine eigene Vergangenheit. Zwei Tage später war er wieder am Leuchtturm, und Lene wartete auf ihn. Sie hatte dunkle Ringe unter den Augen, als hätte sie kaum geschlafen.
„Sie kannten ihn, nicht wahr?" Ihre Stimme war leise, aber fest.

Joris hob überrascht die Augenbrauen. „Nein. Warum fragen Sie?"
Lene zog ein altes Foto aus der Tasche ihres Mantels. „Ich habe das hier gefunden. Hinter einer Metallplatte im Leuchtturm. Das ist Ralf, oder? Und das... das sind Sie."

Joris starrte auf das Bild. Drei junge Männer am Deich. Sein Gesicht sah jünger und kantiger aus, aber man erkannte ihn sofort. Er schwieg kurz, dann nahm er das Foto.
„Es ist kompliziert. Wir waren mal zusammen auf einem Kutter. Das hat nichts mit dem Fall zu tun."

Lene wollte widersprechen, aber er schaute sie so an, dass sie nichts sagte. Dieser Mann war wie eine verschlossene Kiste.

Joris' Spurensuche führte ihn zu einem alten Hafenschuppen. Der war verlassen, aber nicht leer. Er fand noch ein Foto zwischen Schutt und verrosteten Werkzeugen. Darauf waren dieselben Männer, diesmal neben einem Betonmischer. Auf der Rückseite stand: „Wer schweigt, macht sich schuldig."

In derselben Nacht wurde Lene aus dem Schlaf gerissen. Schritte auf der schmalen Treppe. Man hört Metall knirschen. Sie nahm die

Taschenlampe und rief: „Wer ist da?" Keine Antwort. Man hört nur den Wind. Mit klopfendem Herzen stieg sie hinauf. Oben war die Luke offen und der Wind kam herein. Er brachte den Geruch von Salz und Rost mit. An der Wand stand: „Erzähl die Wahrheit."

Als Joris am Morgen kam, fand er Lene zitternd mit einer Tasse Tee. Sie erzählte ihm, was in der unheimlichen Nacht passiert war. Er hörte zu und sagte dann: „Ich glaube, es ist Zeit, dass ich etwas sage."

„Vor zwanzig Jahren", begann er langsam, „gab es ein Bauprojekt am Deich. Ein neuer Schutzwall. Wir haben geholfen. Es war Sommer, wir waren jung und voller Kraft. Aber dann gab es den Unfall. Ein Gerüst stürzte ein. Ein Mann starb. Der Beton war schlecht, wir wussten es, aber wir haben nichts gesagt. Der Sturm sei schuld. Wir dachten, es wäre vorbei. Aber Ralf wusste mehr oder glaubte es zumindest. Er konnte nicht still sein."

Lene sah ihn an, als hätte sie einen fremden Mann vor sich.
„Und jetzt?" fragte sie leise.
„Jetzt hat jemand Angst, zu reden. Vielleicht wollte er es auch wirklich."

Die Ermittlungen wurden intensiver. Joris fragte den Bauunternehmer, von dem der Wirt erzählt hatte. In seinem Büro fand man alte Baupläne, Rechnungen und Belege. Sie zeigen, dass billiger Beton verwendet wurde. Der Unternehmer stritt alles ab, aber er brach zusammen.
„Ich wollte ihn nicht umbringen", stammelte er. „Wir haben am Leuchtturm gestritten. Er wollte den alten Skandal aufrollen. Ich habe ihn nur geschubst. Er stürzte. Die Flut… ich konnte ihn nicht mehr rausziehen."

Die Wahrheit kam ans Licht. Ralf war gestorben, weil er die Vergangenheit nicht vergessen wollte. Aber sie fühlte sich schuldig.

Lene stand am Abend am Fuß des Leuchtturms. Der Himmel war klar und die Luft kalt. Neben ihr Joris, der sehr müde aussah.
„Es ist vorbei", sagte er zu sich selbst.
„Vielleicht", antwortete sie leise.

Sie schaute auf das schwarze Wasser. Manche Schatten verschwinden nicht. Sie bleiben, bis das Meer sie endgültig verschluckt.

Ein Möwenschrei zerriss die Stille. Der Wind wehte durch die kahlen Gräser am Deich. Es roch nach Salz und Rost. Lene schaute zum Leuchtturm. Sein Licht drehte sich weiter. Es war, als wüsste der Leuchtturm, dass das Meer immer neue Geheimnisse ans Ufer spülen würde.

4

TÖDLICHE FRACHT

Kurz nach Mitternacht lief die „MS Frisia" im Hafen von Wilhelmshaven ein. Die Scheinwerfer warfen Lichtkegel auf das Pflaster und die Schatten der Kräne tanzten im Wind. Es roch nach Öl, Salz und kaltem Metall. Jonas Meier ist ein junger Hafenarbeiter. Er hat ein schmales Gesicht und schaut wachsam. Er zieht die Kapuze seiner Jacke enger um den Kopf. Das Wasser glänzte schwarz, unterbrochen von gelben Lichtern.

Etwas stimmte nicht. Die Luken des Frachters blieben lange verschlossen. Kein Matrose war auf Deck zu sehen. Jonas lehnte sich an eine Metallstange und beobachtete das Schiff. Er war nicht der Typ, der sich schnell Sorgen machte. Aber diese Nacht fühlte sich schwer an, als würde ein Sturm kommen und alles zerstören.

Ein Geräusch ließ ihn aufhorchen – ein dumpfer Schlag, als hätte etwas Metall den Boden getroffen. Jonas zog die Kapuze ab und hörte, wie die Wellen gegen den Rumpf schlugen. Er wollte das Geräusch ignorieren, aber sein Bauchgefühl sagte ihm, dass er aufpassen muss. Er ging an Bord. Das Holz unter seinen Stiefeln knarrte im Rhythmus der Wellen. Später sagte man, es sei die letzte Nacht gewesen, in der man Jonas lebend gesehen hatte.

Am Morgen wartete Marit Meier vergeblich auf ihren Bruder. Jonas war zuverlässig und kam als einer der Ersten zur Schicht. Sie kannte seine Gewohnheiten und seinen Hang, Dinge zu hinterfragen, die ihm verdächtig vorkamen. Als er nicht kam, rief sie erst seinen besten Freund, dann den Hafenmeister an. Niemand hatte Jonas gesehen. Die Stunden vergingen und Marit wurde immer unruhiger.

Am Nachmittag fand man einen leeren Overall mit Jonas' Namensschild in einer Ecke des Frachters. Er lag dort und zeigte, dass etwas nicht stimmte. Der Hafenmeister rief die Polizei, und am Abend kam Kommissarin Svea Holm.

Svea kannte den Geruch von Diesel und Salz, wie andere den Duft von Kaffee am Morgen. Etwa 40 Jahre alt, markantes Gesicht, helle Haare, die zu einem Zopf gebunden sind. Sie kam aus Oldenburg, arbeitete aber seit einiger Zeit in Küstenstädten. „Häfen lügen nicht", sagte sie oft, „es sind die Menschen, die sie benutzen."

„Was transportieren Sie wirklich?" Svea stand vor dem Kapitän der „MS Frisia". Er war ein hagerer Mann mit einem wettergegerbten Gesicht und Augen, die zu viel gesehen hatten. Er roch nach Tabak und altem Seil, seine Hände waren rau.
„Maschinenteile", sagte er und gab ihr ein zerknittertes Frachtpapier. „Wir haben alles korrekt erklärt."

Svea ließ sich nicht beirren. Sie ging in den Frachtraum. Es roch nach Öl, Salz und Eisen, als hätte man die See selbst in Kisten gepackt. Sie sah dunkle Flecken. Sie waren Spuren von feuchtem Sand. Sie waren zwischen den Kisten. Jemand hatte versucht, sie schnell zu entfernen. Sie kniete nieder, strich mit den Fingerspitzen darüber und spürte das Salz.

Ein Hafenarbeiter erzählte ihr, dass Jonas am Vorabend mit dem Kapitän gestritten hatte.
„Er wollte nicht mehr mitmachen. Ich habe gehört, dass er zu viel wusste." Mehr wollte er nicht sagen. Svea nickte nur. Sie dachte über den Satz nach.

Am nächsten Tag fand ein Taucherteam einen Leichnam im Hafenbecken. Er war zwischen alten Reifen und einem rostigen Metallpfeiler eingeklemmt. Jonas.

Die Leiche wurde untersucht. Sie war nicht ertrunken. Ein Schlag auf den Hinterkopf hatte ihn bewusstlos gemacht, bevor er ins Wasser fiel. Svea starrte auf den Bericht, während draußen der Wind über die Mole fegte. Es war kein Unfall, kein Unglück. Das war Mord.

Die Kommissarin hat die „MS Frisia" entdeckt. Die Papiere waren zu sauber. Sie verglich die Frachtlisten der letzten Monate und sah Unterschiede. Mehrmals fehlten Container, die laut Hafenlogistik ausgeladen werden mussten. Es tauchten Hinweise auf Material aus dem Militär auf.

In einer schmalen Gasse des Hafens traf sie auf einen Mann namens Jörg. Er war früher Seemann und lebte von Gelegenheitsjobs.
„Die Frisia", flüsterte er, „transportiert mehr als nur Maschinenteile. Alte Munition, verstehst du? Zeug aus dem Krieg, das niemand sehen will. Wenn das jemand merkt, gibt es Ärger."

Svea dachte, dass Jonas die Schmuggelware entdeckt hatte. Er hatte Beweise gefunden, vielleicht aufgeschrieben. Sie durchsuchte sein Zimmer am Stadtrand, fand aber nur ein Notizbuch voller Zahlen. Es war nass, als hätte jemand es schnell aus dem Wasser geholt. Zwischen den Seiten war Salz, aber man konnte die Wörter lesen: eine Liste mit Namen, Zeiten und Routen.

„Jonas wollte aussteigen", sagte Svea zum Kapitän, als sie ihn noch einmal fragte. „Er wollte die Polizei rufen. Richtig?" Der Mann sagte nichts. Seine Hände lagen auf dem Tisch, seine Beine waren angespannt. Schließlich blickte er auf und sah Zorn und Müdigkeit.
„Er hat uns verraten", sagte er leise. „Einer der Männer ist ausgerastet."

Der Name fiel. Volker Brandt ist ein aggressiver Matrose. Er hat schon einmal jemanden verprügelt. Svea suchte ihn. Aber Brandt war nicht mehr da. Das letzte Mal sah man ihn auf einem kleinen Frachter, der bei Morgengrauen Richtung Helgoland fuhr.

Marit stand am Kai, als Svea ihr die Wahrheit sagte. Der Wind war stark und es gab viel Gischt. In der Ferne waren Möwen zu sehen. Die Kommissarin sagte leise:

„Er wollte das Richtige tun."
Marit sah sie an. Ihre Augen waren rot und müde. Es hatte viel geregnet in den letzten Tagen. Svea zeigte Jonas das nasse Notizbuch.
„Damit kriegen wir sie. Alle."

Marit nickte. Ein stummes Nicken, das mehr sagte als Worte.

Aber Svea spürte, dass der Fall noch nicht zu Ende war. In der Nacht ging sie allein zurück zum Hafen. Die Kräne guckten auf den Himmel, der voller Wolken war. Das Wasser glitzerte im Licht der Laternen und klatschte leise gegen die Kaimauern. Sie schloss die Augen und hörte das Rauschen der See.

Im Büro des Hafenmeisters fand sie einen alten Plan vom Schiff „MS Frisia". Ein Bereich des Laderaums war nicht verzeichnet. Eine versteckte Kammer? Sie beschloss, am nächsten Tag mit einem Team an Bord zu gehen. Der Kapitän musste ihr folgen, denn ein Richter hatte es so entschieden.

Die Kammer war hinter einer Metallplatte versteckt. Man konnte sie nur mit einem Bolzenschneider öffnen. Drinnen lagen mehrere Holzkisten. Es roch nach Öl und Rost. In einer der Kisten waren alte Granaten. Sie sollten längst vergraben sein. Svea wusste, dass der Fund viele Leute aufregen würde.
„Jonas hat sein Leben riskiert, um das aufzudecken", flüsterte sie. Sie meinte das zu sich selbst, nicht zu den Kollegen. Sie schaute aufs Hafenbecken. Es glänzte wie eine graue Fläche aus flüssigem Metall.

Die Polizei hat die Schmuggelrouten in den folgenden Tagen aufgerollt. Es war ein Netz aus alten Kontakten, aus Fischern, Hafenarbeitern und Männern, die nicht mehr an ein ehrliches Leben glaubten. Svea verhörte alle. Viele redeten erst, als sie Jonas' Namen hörten. Ein alter Hafenarbeiter sagte mit zitternder Stimme: „Er war einer von uns. Er wollte raus, aber man lässt hier niemanden so einfach gehen."

Volker Brandt wurde auf einem kleinen Frachter vor Cuxhaven gefasst. Er leistete keinen Widerstand, als Svea ihm Jonas' Notizbuch zeigte.
„Der Junge hätte besser geschwiegen", flüsterte er, bevor man ihn wegbrachte.

Marit besuchte das Grab ihres Bruders an einem verhangenen Nachmittag. Es regnete und die Nordsee war grau. Svea stand schweigend ein paar Schritte entfernt und sah zu. Dieser Fall hatte Spuren hinterlassen. Bei Marit, bei ihr selbst und bei den Menschen, die im Hafen lebten.

Als der Regen stärker wurde, ging Svea ein Stück den Kai entlang. Die Luft roch nach Salz und Metall. Man hörte das Horn eines Schiffes, das abfuhr. Sie dachte an Jonas, an seinen Mut. Die Nordsee hatte viele Schiffe verschluckt. Aber sie hatte auch Wahrheiten verschluckt. Diese Wahrheiten hatte man ihr anvertraut.

Spät in der Nacht saß sie allein im Büro. Das Licht einer Schreibtischlampe war auf ihr feuchtes Notizbuch gerichtet. Jonas' Worte waren einfach, aber sie erzählten alles:
„Wenn du das liest, heißt es, dass ich nicht zurückgekommen bin. Aber jemand muss es wissen. Das Meer vergisst nichts."

Svea schloss das Buch, lehnte sich zurück und sah auf den Hafen, der im Nebel lag. Sie wusste, dass das, was passiert war, erst der Anfang war. Denn auf der Nordsee, zwischen Schlick und Sturm, lauerten mehr Schatten, als man sehen konnte. Manche davon würden sie noch lange verfolgen.

5

SPUREN IM WATT

Das Licht des frühen Morgens tauchte die Küste von Norddeich in ein blasses Blau. Der Wind war mild und das Meer war bei Ebbe weit zurück. Möwen flogen kreischend herum. In der Ferne konnte man das Wasser wie eine spiegelnde Schlange zwischen den Sandbänken sehen.

Jana Petersen arbeitet in der Seehundstation. Sie ist Tierpflegerin. Sie trägt Gummistiefel. Sie geht durch den feuchten Sand. Sie wollte ein paar verirrte Robbenbabys finden, die in der Nacht gefunden worden waren. Aber an diesem Morgen fand sie etwas anderes. Es war etwas, das ihr das Blut in den Adern gefrieren ließ.

Zwischen den Muschelbänken lag ein Rucksack. Er war halb im Schlick versunken. Da liegt ein Schuh ohne Sohle. Jana bückte sich, nahm den Rucksack heraus und wischte den Sand ab. Sie öffnete den Reißverschluss und sah ein Handy, eine Taschenlampe und eine braune Blutspur auf dem Stoff. Kein Name, kein Ausweis. Sie fühlte, dass hier etwas Schlimmes passiert war.

Sie wollte einen Notruf absetzen, als sie etwas sah. Nur Nebel vom Watt? Sie fröstelte, schloss den Rucksack wieder und lief zurück zum Deich.

Kommissar Rüdiger Bruns übernahm den Fall. Ein stämmiger Mann in den Fünfzigern, mit grauem Haar, das immer ein bisschen zerzaust aussah. Er kannte das Watt wie seine Westentasche, weil er früher selbst als Fischer gearbeitet hatte. Als er den Rucksack sah, verzog er das Gesicht.

„Das hier ist kein Unfall. Jemand war hier draußen, mitten in der Nacht, und hat etwas zurückgelassen, das nicht erklärt werden kann."

Er ließ das Gebiet absuchen. Mehrere Männer in gelben Schutzanzügen durchkämmten das Watt, aber die Flut hatte alle Spuren fast ausgelöscht. Es gab nur eine tiefe Rille, die in Richtung Wasser

führte. Bruns stand am Rand des Schlicks und dachte nach.
„Hier wollte jemand etwas verstecken oder loswerden", murmelte er.

Am Nachmittag meldete sich eine Frau bei der Polizei. Ihr Mann, Malte König, ist seit gestern verschwunden. Er ist Hobbyfotograf. Er wollte Fotos von den Robben machen, kam aber nicht zurück. Als Jana das Foto sah, wurde ihr ganz anders. Sie hatte ihn zwei Tage zuvor am Deich getroffen. Er war mit einem anderen Mann zusammen. Der trug einen grauen Mantel und ein altes Fernglas.

Bruns fuhr mit Jana zur Seehundstation.
„Haben Sie ihn gesehen?", fragte er.
Jana nickte. „Er war mit einem Fremden unterwegs. Groß, schlank, Anfang sechzig. Er wirkte unruhig. Ich dachte, er sei ein Vogelbeobachter. Er hatte ein altes Fernglas."
„Und der Rucksack?"
„Den habe ich nicht gesehen. Nur die Kamera um seinen Hals."
Jana schaute zum Horizont. Die Ebbe zog das Meer weiter hinaus, und das Watt glänzte wie ein dunkler Spiegel.

Bruns begann zu ermitteln. Er sprach mit den Fischern im Hafen, doch niemand wollte etwas gesehen haben. Ein alter Mann meinte:
„In den Nächten mit ablaufendem Wasser ist es nicht sicher, da draußen. Manche kehren nicht zurück."
Seine Augen waren trüb. Er sah aus, als wüsste er mehr, aber als ob er es nicht erzählen wollte.

Am zweiten Tag wurde Maltes Kamera gefunden. Sie lag im Schlick, nah am Wasser. Ein Fischer hat sie gefunden und der Polizei gegeben. Die Speicherkarte war noch intakt. Bruns entdeckte etwas Merkwürdiges, als er die Bilder auswertete:

Auf den letzten Fotos war ein Boot zu sehen, das mitten in der Nacht ohne Licht durch das Watt fuhr. Man kann es kaum erken-

nen, aber es sieht aus wie ein alter Kutter. Er hat abblätternde Farbe und eine komische Kiste auf dem Deck.
„Schmuggler", flüsterte Bruns und starrte die Bilder an. „Malte hat Fotos gemacht, ohne zu wissen, dass jemand ihn beobachtet."

Die Spur führte zu einem alten Schuppen hinter dem Hafen. Jana wollte den Mantelmann wiedererkennen und begleitete Bruns. Der Schuppen war dunkel und der Boden roch nach Diesel, altem Salz und modrigem Holz. In einer Ecke hing ein grauer Mantel. Er war schwer, nass und voller Sand. Da stand eine Kiste. Darin waren Tauchmasken und eine Harpune.

„Das ist er", flüsterte Jana, als sie den Mantel sah.
Bruns nickte. „Wir sollten hier nicht zu lange bleiben."

Doch als sie den Schuppen verlassen wollten, hörten sie Schritte. Zwei Männer mit finsteren Blicken kamen herein. Einer hatte einen Metallhaken am Gürtel, der andere eine schwere Lampe.
„Ihr habt euch verlaufen", knurrte der Größere.

Bruns zog seine Waffe.
„Polizei! Hände hoch!"

Es folgte ein kurzer, brutaler Moment. Einer der Männer rannte auf Bruns zu und versuchte, ihn zu entwaffnen. Jana wich zurück, stolperte über eine Kiste und schlug auf den Boden. Bruns nahm die Waffe hoch, sie kämpften, dann wurden sie festgenommen. Der zweite Mann war weg. Er rannte hinaus in die Nacht.

„Bleiben Sie hier!", rief Bruns Jana zu. Sie folgte ihm ein Stück, kehrte aber zurück, als der Flüchtige im Nebel verschwand.
„Das Watt frisst Spuren", sagte er, „und der Nebel deckt alles zu."

Der festgenommene Mann gab unter Druck zu, dass Malte versehentlich Zeuge ihrer nächtlichen Lieferung geworden war.

„Er hat Fotos gemacht. Zu viele. Wir wollten ihn nur erschrecken, aber er hat sich gewehrt. Dann ist er gestürzt. Ins Watt."
„Lebt er noch?" Bruns beugte sich vor und sprach mit kalter Stimme.
Der Mann zuckte mit den Schultern. „Vielleicht. Wir haben ihn nicht mehr gesehen. Er war verletzt. Das Wasser kam."

Man suchte ihn. Boote fuhren die Priele ab, Hubschrauber suchten mit Wärmebildkameras im Watt. Jana stand am Deich und starrte hinaus, während die Sonne unterging und der Himmel in rostigen Farben brannte.
„Bitte, Malte", flüsterte sie, „halte durch."

Die Nacht war lang. Bruns blieb am Hafen, trank schwarzen Kaffee und wartete auf Meldungen. Kurz nach Morgengrauen kam der Funkspruch:
„Wir haben ihn!"

Malte wurde auf einer Sandbank gefunden. Er war bewusstlos und hatte die Hände um ein Stück Treibholz gekrallt. Er hielt sich an einem Wrack fest, während die Flut näher kam. Als Jana ihn im Krankenhaus sah, weinte sie.
„Du bist ein Idiot", flüsterte sie und drückte seine Hand.
„Aber ein lebender Idiot."

Bruns sammelte alle Beweise. Die Schmuggler wurden festgenommen und ihr Boot beschlagnahmt. Die Fotos beweisen den Schmuggel. Auf einem Bild sieht man, wie einer der Männer mit einem Metallrohr zuschlägt.

Der zweite Täter ist noch immer flüchtig. Bruns wusste, dass er nicht weit sein konnte. Er sagte es Jana, als sie am Deich standen. „Solche Männer kommen immer wieder – entweder, um etwas zu holen, oder um etwas zu beenden."

Ein paar Tage später, kurz vor Mitternacht, hörte Jana Schritte vor der Seehundstation. Sie nahm instinktiv die Taschenlampe. Durch die Scheiben sah sie eine große, dunkle Gestalt, die sich über einen der Käfige beugte. Sie rannte hinaus, aber der Mann war weg. Sie sah nur noch einen Abdruck im Sand.

Bruns kam sofort, als sie ihn anrief.
„Er war hier", sagte Jana mit zitternder Stimme.
„Wir stellen eine Falle."

Bruns setzte ein paar Beamte im Verborgenen ein. Zwei Tage später ging die Falle zu. Der Mann im grauen Mantel versuchte, seine Spuren zu verwischen, aber diesmal entkam er nicht.

Als er abgeführt wurde, schien der Wind über das Watt hinwegzuwehen, als atmete die Küste erleichtert auf.

Einige Tage später ging Bruns allein über den Deich. Das Wasser glitzerte im Licht der Laternen und klatschte gegen die Kaimauern. Er dachte an Jonas und seinen Mut. Das Watt hat viele Geheimnisse. Nicht alle sollen gefunden werden.

„Manchmal", sagte er leise, „muss man die Stille verstehen, um die Schreie zu hören, die im Schlick stecken."

6

SPUREN IM TOD IM DÜNENCAFÉ

An diesem frühen Herbstmorgen lag die Insel Wangerooge noch still, als die Sonne über die Dünen schien und den Sand in warmes Gold tauchte. An diesem Tag war das Meer ruhig und fast freundlich. Hannah Martens öffnete das „Seewind" und ließ die frische Meeresbrise herein. Beim ersten Schritt in den Lagerraum gefror ihr der Atem. Zwischen den Kisten und dem Kühlschrank lag ein Mann. Er war reglos, hatte ein blasses Gesicht und riesige Augen. Es war Paul Hinrichs, ein Stammgast, der fast täglich im Café saß, Tee trank und aus seiner Zeit als Lehrer erzählte. Jeder kannte ihn, viele mochten ihn wegen seiner ruhigen, sanften Art. Hannah wich zurück und zitterte, als sie ihr Handy nahm und die Polizei rief.

Kurz danach stand Kommissarin Tabea Lenz vor dem Café. Der Wind hatte ihr kurzes blondes Haar zerzaust, und sie sah müde aus. Sie hatte schon viele Tote gesehen, aber keiner von ihnen war so vertraut gewesen wie Paul. „Seit wann liegt er hier?", fragte sie, kniete sich hin und berührte das blutverschmierte Hemd nicht. Hannah antwortete, sie habe den Laden am Abend zuvor wie immer abgeschlossen. Nur Paul war noch da und hat ihr beim Stühle stapeln geholfen. Danach hat sie nichts mehr bemerkt.

Tabea stand auf und schaute sich um. Das Café war schlicht. Es hatte dunkle Holztische, einen Tresen mit einer angebrochenen Teekanne und ein großes Fenster, durch das man die Dünen sehen konnte. Auf der Theke sah sie ein zerknülltes Stück Papier. Sie strich es vorsichtig glatt. Es war eine alte Postkarte aus dem Jahr 1982. Auf der Rückseite stand in ungelenker Handschrift: „Die Wahrheit liegt in den Dünen." Das Motiv zeigte die Insel vor vierzig Jahren. Ein seltsamer Satz, der mehr versprach, als er verriet.

Hannah erzählte von Pauls Vorliebe für die Geschichte der Insel. Er sammelt gerne alte Karten. Manchmal sucht er mit Schaufel und Metalldetektor in den Dünen nach alten Sachen. „Er dachte, dass er hier noch etwas findet", sagte sie mit bebender Stimme. „Ein Wrack oder ein Schatz, irgendetwas, das von der Inselgeschichte erzählt." Tabea nahm die Postkarte an sich. Sie kannte Paul seit sie jung war. Er war still und klug. Er sagte nicht viel. Wenn er etwas andeutete, dann war es wichtig.

Zuerst dachte sie an die Leute, die am Vorabend noch im Café waren. Arne, der neue Kellner, erzählte, dass Paul sich merkwürdig benommen habe. „Er hat gestern Abend von einem Schatz erzählt", murmelte er, während er die Hände in den Hosentaschen vergrub. „Ich dachte, er macht nur Witze." Tabea spürte, dass Arne mehr wusste, als er zugeben wollte. Sie ließ ihn aber erst einmal gehen. Sie wollte wissen, was Paul am letzten Tag gemacht hat.

Sie suchte dort, wo er sich am meisten aufgehalten hatte: in den Dünen hinter dem Café. Der Sand war noch feucht vom Tau. An einer Stelle, unweit eines halbvergrabenen Bunkers aus dem Zweiten Weltkrieg, entdeckte Tabea frische Abdrücke. Sie waren tiefer als die üblichen Fußspuren. Als sie sich bückte, sah sie einen Spaten und eine umgestürzte Holzkiste. Darin glitzerte etwas. Schmuckstücke und Münzen, verkrustet von Salz und Zeit, aber wertvoll. Tabea wusste sofort, dass Paul etwas gefunden hatte, das nicht für die Öffentlichkeit bestimmt war.

Noch am selben Abend ging sie zurück zum Café, wo Hannah gerade die Stühle aufstellte. „Wussten Sie, dass Paul in den Dünen gegraben hat?", fragte Tabea. Hannah nickte zögerlich. „Er sagte oft, dass die Insel ihre Geheimnisse nicht so leicht preisgibt. Ich habe es nie ernst genommen." Tabea erzählte von der Kiste und den Spuren am Bunker. Hannah wurde blass. „Vielleicht hat er etwas gefunden, das jemand anderes haben wollte."

Die Nacht kam auf Wangerooge. Bei Laternenlicht wirkte der Ort verlassen. Das Rauschen des Meeres war zu hören. Tabea konnte nicht schlafen. Sie dachte an Paul und daran, wie er gestorben ist. Warum hatte er von einem Schatz gesprochen? Warum die Postkarte von 1982? Sie nahm sie noch einmal zur Hand und drehte sie zwischen den Fingern. „Die Wahrheit liegt in den Dünen." Vielleicht war es ein Hinweis auf mehr als nur einen Fund.

Am zweiten Tag gab es eine überraschende Wendung. Ein alter Inselbewohner, Hinnerk Carstens, meldete sich. Er war ein stiller Mann mit einem Gesicht, das von der Sonne gezeichnet war. Er lebte seit Jahrzehnten am Rand der Dünen. „Paul war gestern Abend noch bei mir", sagte er, als Tabea ihn in seinem kleinen Haus am Meer besuchte. Er hatte eine alte, vergilbte Karte dabei. Er sagte, sie stamme von einem Kapitän, der vor hundert Jahren hier Schiffbruch erlitten habe. Er sagte, er wäre dicht dran."

Tabea spürte, dass der Tod von Paul nicht zufällig war. Sie vernahm Arne erneut. Diesmal in der Polizeistation der Insel. Der Kellner wirkte müde. „Paul wollte alles melden", sagte er. „Er meinte, die Sachen gehören ins Museum. Ich wollte, dass er mich anhört. Wir wollten das anders regeln. Aber er war stur. Wir haben uns draußen hinter dem Café gestritten. Er stolperte. Ich wollte nicht, dass er stirbt. Es war ein Unfall."

Tabea dachte nach und schaute aus dem Fenster. War es ein Unfall? Oder doch ein Mord, verschleiert durch Schuldgefühle? Sie ließ Arne nicht frei, sondern schickte Leute los, um das Café und den Bunker erneut zu untersuchen. Die Fundstücke aus der Kiste – Münzen, ein silbernes Medaillon und ein alter Kompass – wurden dem Küstenmuseum gegeben. Ein Gutachter sagte, dass sie vermutlich von einem Segelschiff aus dem 19. Jahrhundert stammen.

Am Abend kam Tabea noch einmal zum Dünencafé zurück. Hannah saß allein auf der Terrasse, die Arme um sich geschlungen, während der Wind die letzten Blätter von den Dünenrosen wehte. „Paul hat Ihnen vertraut, oder?" fragte Tabea leise. Hannah nickte. „Er hat mir erzählt, dass er etwas gefunden hat, das die Geschichte der Insel verändern könnte. Aber ich dachte, das sind nur Träumereien." „Das waren keine Träumereien", sagte Tabea. Sie schaute über die Dünen. Sie waren nun dunkel. „Er ist dafür gestorben."

Die nächsten Tage waren unklar. Arne gestand, halb traurig, halb froh, dass die Wahrheit herauskam. Er hatte Paul im Streit gestoßen, stärker, als er wollte. Paul war unglücklich gefallen und hatte sich am Hinterkopf verletzt. Arne hatte den Körper in den Lagerraum gebracht. Er konnte nicht helfen. „Ich wollte nicht, dass es auffliegt", flüsterte er, als Tabea ihn in Handschellen abführte.

Die Insel atmete auf, als der Fall offiziell abgeschlossen wurde. Das Café öffnete wieder, aber die Stimmung war gedämpft. Hannah versuchte, Normalität herzustellen, aber der Blick in den Lagerraum ließ sie frösteln. Pauls Platz am Fenster war leer. Es war, als wäre ein Teil der Inselgeschichte mit ihm verschwunden.

Tabea nahm sich einen Moment, bevor sie die Akten schloss. Sie ging am Strand entlang. Der Wind zerrte an ihrer Jacke. Das Meer warf graue Wellen gegen den Sand. Sie dachte an Paul und daran, dass Neugier gefährlich sein kann. Der Sand knirschte unter ihren Schuhen. Sie fröstelte. „Die Insel hat Geheimnisse", flüsterte sie und blickte aufs Meer. Aber manchmal muss man dafür bezahlen.

In jener Nacht saß Tabea noch lange im Café „Seewind". Das Licht der Kerzen spiegelte sich in den Fenstern. Draußen war Wind. Hannah brachte ihr eine Tasse Tee. „Paul hätte gewollt, dass man seine Geschichte erzählt", sagte Tabea nach einer Weile. Hannah nickte. „Er hat sein ganzes Leben damit verbracht, Geschichten zu sammeln. Vielleicht war das hier die letzte, die er gefunden hat."

Als Tabea später das Café verließ, war die Nacht klar und der Himmel voller Sterne über der Insel. Sie blieb stehen und hörte der Brandung zu. Vielleicht sind manche Geheimnisse besser dort, wo man sie findet – im Sand, unter der rauen Haut dieser Insel, wo Wind und Meer sie bewachen.

7

NEBEL ÜBER DER HALLIG

Die Hallig Langeneß lag wie ein vergessener Fleck im feuchten Morgendunst. Das Watt war noch still, nur das ferne Rufen einer Möwe zerschnitt die träge Luft. Nebel hing schwer über den Salzwiesen, kroch wie ein lebendiges Wesen über die schmalen Wege, verschluckte die Pfähle des kleinen Anlegers und ließ die Welt um die Warften herum seltsam klein wirken. In einem der niedrigen Häuser, deren Fenster wie schützende Augen auf das Watt hinausblickten, brannte ein schwaches Licht. Merle Ehlers war früh wach geworden. Der Nebel machte sie nervös, er schien alles zu verschlucken, auch Geräusche, und ließ jede Regung wie ein fernes Echo klingen.

Sie stand am Fenster, zog den grauen Wollpullover enger um sich und lauschte. Seit dem Tod ihrer Eltern führte sie die kleine Halligwirtschaft allein, kümmerte sich um die wenigen Gäste, die ab und zu herüberkamen, und lebte mit dem Rhythmus der Gezeiten. Doch in dieser Nacht war etwas anders gewesen. Ein tiefes, fernes Motorengeräusch hatte sie geweckt. Es klang gedämpft, als käme es von einem Boot, das viel zu nah war, um hier draußen einfach vorbeizufahren.

Als Merle am Morgen die schmale Holztreppe hinunterstieg, roch sie die feuchte Luft, die sich durch jede Ritze drängte. Auf dem Weg zur kleinen Anlegestelle, wo das Versorgungsschiff anlegte, blieb sie plötzlich stehen. Dort lag ein Boot, das sie noch nie gesehen hatte. Eine alte Barkasse, halb von Schlick und Tang bedeckt, als hätte die Flut sie herangeschwemmt und im Nebel vergessen. Die Plane war zerfetzt, nasses Tau hing schlaff über die Bordwand. Merle ging langsam näher. Ihr Blick blieb an einem dunklen Fleck hängen. Ein Hemd, zusammengeknüllt, das vom Nebel klamm war und – Blut. Frisch genug, dass es nicht von altem Rost stammte.

Merle taumelte zurück, die Stiefel sanken tief in den Sand. Für einen Moment überlegte sie, ob sie sich das nur einbildete. Doch das Blut war zu echt, das Hemd zu schwer, und der Nebel legte sich wie ein kalter Schleier über ihre Gedanken. Sie griff nach ihrem Handy und wählte die Nummer der Küstenpolizei.

Hauke Dreesen traf noch am späten Vormittag ein. Das kleine Polizeiboot, das ihn und seinen Kollegen Lian Tiedemann von Husum herübergebracht hatte, lag nun im schwankenden Wasser neben der Barkasse. Hauke war ein Mann Ende vierzig, mit wettergegerbtem Gesicht und scharfem Blick, einer, der gelernt hatte, dem Watt zuzuhören. „Kein Name, keine Nummer", stellte Lian fest, während er den Blick über das alte Holz schweifen ließ. „Jeder Kahn hier hat normalerweise eine Kennung. Das hier ist... falsch." Hauke kniete sich hin, strich über den verwitterten Lack und nickte nur. „Vielleicht will jemand nicht, dass wir wissen, woher er kommt."

Merle stand abseits, die Hände tief in die Taschen ihrer Jacke vergraben. Sie fühlte sich fremd auf ihrer eigenen Warft. „Ich habe niemanden gesehen", sagte sie, als Hauke sie befragte. „Nur das Boot. Gestern Nacht habe ich ein Geräusch gehört, wie ein Motor. Es klang weit draußen, aber... irgendwie nah." Sie stockte. „Es war, als hätte jemand versucht, leise zu sein."

Hauke machte sich Notizen, blickte sie einen Moment lang an und spürte, dass hier mehr lauerte als ein vergessenes Boot. „Jemand wollte etwas loswerden", murmelte er.

Am Nachmittag, als die Ebbe den Meeresboden wie eine nasse Landkarte freilegte, fanden sie eine Spur. Eine alte Holzkiste, halb im Schlick versunken, schwer wie ein nasser Stein. Als sie den Deckel öffneten, kam ein Geruch nach rostigem Eisen und Salz ihnen entgegen. Drinnen lagen verrostete Werkzeuge, ein Kompass mit zerkratztem Glas und ein Notizbuch, dessen Seiten vom Wasser aufgequollen waren. Viele Worte waren unleserlich, doch einige Sätze ließen sich entziffern: „Treffen... Dämmerung... nicht allein kommen...". Hauke schloss den Deckel, als könnte er so verhindern, dass der Nebel die restlichen Spuren verschluckte.

Merle erinnerte sich plötzlich an den Mann, den sie am Vortag im kleinen Halligladen gesehen hatte. Groß, dunkler Mantel, schwarze Wollmütze, eine Narbe über der Stirn, die aussah wie ein gesprungener Blitz. „Er fragte nach dem Weg zur Warft", erzählte sie Hauke. „Er wirkte... unruhig." Hauke nickte und ordnete sofort eine Suchaktion an. Doch der Nebel war gnadenlos. Die Sicht betrug kaum fünfzig Meter, und jede Spur verlor sich im feuchten Grau.

In derselben Nacht konnte Merle kaum schlafen. Wieder hörte sie Motorengeräusche. Diesmal näher, so nah, dass das Rumpeln der Planken vor der Warft zu ihr drang. Sie schlich ans Fenster. Schemenhafte Gestalten bewegten sich dort, zwei Männer, die etwas Schweres trugen. Merles Herz hämmerte, ihre Hand krampfte sich um das Telefon. Doch bevor sie wählen konnte, brauste der Motor auf, und das Boot verschwand im Nebel, als hätte es ihn verschluckt. Zurück blieb ein fahler Geruch nach Diesel.

Am Morgen fanden Hauke und Lian auf dem nassen Steg Spuren: Abdrucke schwerer Stiefel, Schlammreste und eine zerknickte Zigarettenschachtel. „Die waren wieder hier", stellte Hauke fest. Sein Blick wanderte hinaus ins Watt, wo die Flut langsam zurückwich. „Und sie kommen wieder."

Die Ermittlungen führten schnell zu einer Vermutung: Ein Schmugglernetzwerk nutzte die Halligen als Umschlagplatz. Alte Fischerboote dienten als Tarnung, das Watt schluckte Spuren wie ein hungriges Tier. „Das ist ein perfekter Ort", sagte Lian, während er mit dem Fuß gegen die alte Barkasse stieß. „Keine Zeugen, kein Lärm, und wenn die Flut kommt, ist alles weg."

Merle versuchte, den Alltag zu bewahren. Doch jeder Blick zum Steg ließ ihr Herz schneller schlagen. Sie begann, sich Notizen zu machen – Uhrzeiten, Geräusche, Schatten im Nebel. Am dritten Abend, als der Wind auffrischte und der Regen an die Scheiben schlug, klingelte ihr Handy. Hauke war dran. „Wir bleiben in der Nähe. Wenn Sie etwas hören, rufen Sie sofort an."

Die Nacht kroch zäh über die Hallig. Gegen Mitternacht hörte Merle wieder Motorengeräusche. Diesmal direkt vor der Warft. Sie zog den Vorhang zur Seite und sah, wie ein Boot anlegte. Zwei Männer sprangen an Land. Einer war groß, trug eine dunkle Mütze – die Narbe. Sie griff zum Handy. „Sie sind zurück", flüsterte sie, kaum hörbar, doch Hauke verstand sofort.

Hauke und Lian waren in wenigen Minuten auf dem Weg, kämpften sich durch den Regen und das schmatzende Watt. Die Sicht war miserabel, kaum zwanzig Meter. Als sie die Warft erreichten, hörten sie das Poltern von Metall auf Holz. Die Männer waren gerade dabei, eine schwere Tasche in die Barkasse zu laden. Hauke zog die Waffe, rief eine Warnung, doch die Gestalten reagierten nicht. Ein kurzer Kampf entbrannte auf dem glitschigen Steg. Einer der Männer packte Hauke an der Schulter, versuchte, ihn über die Kante zu stoßen. Hauke rutschte aus, sein Fuß glitt auf dem nassen Holz weg. Für einen Moment fühlte er das kalte Wasser unter sich, doch er griff ein Tau, zog sich hoch, während Lian einen der Männer mit einem geübten Griff zu Boden brachte.

Der zweite Täter wollte fliehen, rannte über den Steg zurück. Merle stand in der Küchentür, barfuß, das Herz hämmernd. Ohne lange nachzudenken griff sie nach einem Stück Holz, das neben der Tür lag, und stellte sich ihm in den Weg. Für einen Augenblick sah er sie nur an, überrascht von diesem plötzlichen Widerstand. Dann machte er einen Schritt zurück – und das reichte. Hauke war hinter ihm, packte ihn und drückte ihn mit einem Griff zu Boden.

Die Barkasse wurde durchsucht. Zwischen nassen Netzen und Kisten fanden sie gestohlene Maschinenteile, eine Tasche voller alter Schmuckstücke, angelaufen vom Salzwasser, aber eindeutig wertvoll. Das Blut auf dem Hemd stammte, wie sich später herausstellte, von einem dritten Komplizen, der sich bei der Flucht verletzt hatte und irgendwo im Nebel verschwunden war.

Als der Sturm zunahm und das Wasser um die Warft stieg, saßen Hauke, Lian und Merle im Wohnzimmer des Hauses. Draußen peitschte der Regen gegen die Scheiben, und der Wind ließ die Balken knarren. „Das Watt gibt nichts freiwillig her", sagte Hauke leise, während er die Hände um die heiße Teetasse legte. „Aber manchmal bringt es die Wahrheit ans Licht."

Merle nickte, ihre Augen glänzten. Sie wusste, dass sie diesen Morgen nie vergessen würde. Draußen rauschte das Wasser, als wollte es die Spuren wieder verschlucken. Aber diesmal waren sie zu schnell gewesen.

8

DAS GEHEIMNIS DES FRIESEN-HAUSES

Das Friesenhaus der Familie Harksen stand seit Generationen inmitten der Dünen von St. Peter-Ording, als hätte es allen Stürmen der Zeit getrotzt. An diesem Spätsommertag wirkte der Ort wie ausgestorben. Der Himmel war bleigrau, der Wind peitschte feinen Sand über den Deich, und die Reetdächer der alten Häuser knarrten im Wind wie lebendige Wesen, die sich dem Wetter beugen mussten. Lena Harksen zog den Kragen ihres Mantels hoch und ging über den Innenhof. Ihr Blick fiel auf die offene Stalltür, deren Holzsplitter vom gewaltsamen Aufbrechen zeugten. Direkt davor lag eine Gans, reglos, die Flügel ausgebreitet, der Hals schief verdreht – und um ihn lag eine rote Schleife, die sich wie ein bösartiges Zeichen gegen das blasse Federkleid abhob.

Lena verharrte, der Schock schnürte ihr den Atem ab. Sie wusste, dass dies keine kindische Mutprobe war, keine zufällige Grausamkeit. Es war eine Botschaft. Eine Warnung.

Noch am gleichen Vormittag griff sie zum Telefon und rief Mia Jacobsen an, ihre älteste Freundin. Mia war vor wenigen Monaten aus Hamburg zurück an die Küste gezogen. Jahre hatte sie in der Großstadt als Journalistin gearbeitet, hatte über Politik, Kunst und Verbrechen geschrieben. Nun wollte sie Abstand – und fand ihn ausgerechnet hier, wo das Meer jeden Tag Erinnerungen in den Sand spülte. Als sie Lenas Stimme hörte, bebend und von einer unterschwelligen Angst gefärbt, wusste sie, dass dieser Anruf kein harmloses Anliegen war.

„Es geht um das Haus, Mia“, sagte Lena. „Um die Geschichten, die man sich seit Jahrzehnten erzählt. Mein Großvater... er hat Andeutungen gemacht, aber ich weiß nicht, was davon wahr ist. Heute Nacht war jemand hier. Jemand, der uns etwas sagen will.“

Mia brauchte keine weiteren Erklärungen. Sie packte ihre Tasche und fuhr durch das aufkommende Abendgrau nach St. Peter-Ording. Als sie das Friesenhaus erreichte, wehte der Wind durch die Dünen und ließ das Gras wie silberne Nadeln zittern.

Kommissar Ole Riemer erschien kurz darauf. Ein Mann Ende dreißig, hochgewachsen, mit schmalem Gesicht und der Ruhe eines Menschen, der die raue Küste kannte wie seinen eigenen Atem. Er inspizierte die tote Gans und den aufgebrochenen Stall. Sein Blick wanderte langsam über die Spuren im Sand. „Das ist kein Streich", stellte er fest. „Das hier ist eine gezielte Drohung." Er richtete sich auf und wandte sich zu Lena. „Gibt es etwas, das jemand aus diesem Haus haben könnte? Etwas Wertvolles, vielleicht versteckt?"

Lena schüttelte den Kopf. „Nicht, dass ich wüsste. Aber mein Großvater sprach immer von einer alten Truhe. Sie stamme noch aus den Kriegsjahren. Er meinte, was darin liegt, solle man besser in Ruhe lassen. Ich dachte immer, es seien nur Geschichten."

Die Nacht senkte sich schnell über die Küste, als würde der Himmel das Haus in einen dunklen Mantel hüllen. Das Reetdach knarrte im Wind, und in den Fenstern spiegelte sich das schwache Licht der Lampen wie flackernde Augen. Mia, die im Gästezimmer schlief, wälzte sich unruhig in ihrem Bett. Draußen raschelte das Gras, und ein dumpfes Geräusch ließ sie aufhorchen – Schritte. Vorsichtige, langsame Schritte, die sich vom Stall her näherten. Sie trat ans Fenster. Durch den Nebel konnte sie nur eine dunkle Gestalt erkennen, die in Richtung Dünen schlich.

Mia griff nach ihrer Jacke und ging hinaus. Die Nacht roch nach Salz und feuchtem Holz, der Wind zerrte an ihrem Haar. Sie folgte den Spuren im Sand, doch der Nebel verwischte alles. Nur ein Stück Stoff blieb am Zaun hängen – grau, grob gewebt, vielleicht von einer Arbeitsjacke. Sie nahm es mit zurück ins Haus, legte es Ole wortlos auf den Tisch und sah ihn fragend an. Er musterte das Gewebe, drehte es zwischen den Fingern. „Das hier gehört zu jemandem, der weiß, was er tut. Kein Tourist verirrt sich bei Nacht in diese Dünen."

Am nächsten Morgen begannen Ole und Mia gemeinsam mit Lena, das Gelände abzusuchen. Die Luft war schwer von Feuchtigkeit, und der Sand klebte an ihren Schuhen. In der alten Scheune fanden sie frische Fußspuren im Heu, als hätte jemand dort gestanden und etwas gesucht. Zwischen verstaubten Werkzeugen und einer umgestürzten Holzkiste entdeckte Mia ein Foto. Es war vergilbt, aber die Gesichter waren deutlich zu erkennen: Lenas Großvater, flankiert von zwei Männern in Wehrmachtsuniformen. Auf der Rückseite stand in krakeliger Schrift: „Die Schuld liegt tief im Sand."

Die Worte brannten sich in Mias Gedanken. Sie wusste, dass hier eine Geschichte begraben war, die älter war als sie alle. Ole wirkte nachdenklich. „Es könnte bedeuten, dass etwas aus dieser Zeit hier versteckt wurde. Vielleicht Wertgegenstände. Oder etwas, das jemandem gefährlich werden könnte."

Die Spur führte sie zu einer kleinen Düne hinter dem Haus. Dort, wo das Gras weniger dicht wuchs, war der Boden aufgewühlt. Ole holte eine Schaufel und begann zu graben. Der Sand war feucht und schwer, und nach wenigen Minuten stieß das Metall auf Holz. Gemeinsam legten sie eine Kiste frei, verwittert, die Eisenbeschläge verrostet. Ole hebelte den Deckel auf, und ein Geruch nach Moder und altem Metall strömte heraus.

In der Kiste lagen Silberbestecke mit eingravierten Initialen, alte Münzen, ein vergilbtes Bündel Briefe und eine Pistole, deren Griff vom Salz zerfressen war. Die Briefe waren nur teilweise lesbar, viele Worte ausgelöscht vom Zahn der Zeit. Doch ein Satz blieb klar: „Wir müssen es vergraben, bevor jemand es findet."

Bevor sie die Kiste ins Haus bringen konnten, hörten sie Schritte im Sand. Ein Mann tauchte zwischen den Dünen auf. Er trug eine graue Jacke, das Gesicht hager, die Augen hart wie Stein. „Das gehört uns!", rief er und stürmte auf sie zu.

Ole stellte sich ihm in den Weg. Der Wind peitschte Sand zwischen die beiden Männer, während sie aufeinanderprallten. Die Auseinandersetzung dauerte nur Sekunden, doch sie fühlte sich wie eine Ewigkeit an. Der Mann stürzte schließlich im weichen Sand, Mia griff geistesgegenwärtig nach dem Spaten und blockierte seinen Fluchtweg. Zusammen überwältigten sie ihn.

Erst später stellte sich heraus, dass es sich um einen entfernten Verwandten der Harksen-Familie handelte. Er hatte von der Truhe gewusst, hatte sie seit Jahren gesucht. Der Fund sollte sein eigenes Schweigen erkaufen, denn er wusste, was die Briefe enthielten: Hinweise auf dunkle Geschäfte während der letzten Kriegstage.

Lena war erschüttert. Die Erinnerungen an ihren Großvater, der immer stolz auf seine Familie gewesen war, gerieten ins Wanken. „Er wollte, dass diese Dinge ruhen", flüsterte sie. „Er wollte nie, dass wir mit der Vergangenheit Ärger haben."

Ole nickte. „Manche Geheimnisse werden größer, je länger man sie vergräbt. Es ist besser, sie ans Licht zu bringen. Nur dann verlieren sie ihre Macht."

Die Kiste wurde von der Polizei sichergestellt und später an ein Museum übergeben. Der Verwandte wurde festgenommen. Für Lena fühlte sich das Haus plötzlich anders an, leichter, als hätte es eine Last abgelegt.

Am Abend saßen Lena, Mia und Ole im Wohnzimmer des Friesenhauses. Der Wind heulte um die Ecken, ließ die Fenster zittern. Ein Feuer brannte im Kamin und tauchte die alten Balken in warmes Licht. Mia hielt eine der vergilbten Fotografien in der Hand, betrachtete die Gesichter der Männer, die längst vergangen waren. „Ich dachte immer, hinter diesen Dünen sei nur Ruhe und Meer", sagte sie leise. „Aber selbst hier gibt es Schatten, die lange bleiben."

Ole sah hinaus in die Nacht, wo das Meer schwarz und unruhig schimmerte. „Die Nordsee vergisst nichts", sagte er. „Sie gibt alles irgendwann zurück. Auch das, was man ihr zu lange anvertraut hat."

Für einen Moment herrschte Stille im Raum, nur das Knistern des Feuers war zu hören. Mia spürte, dass dieses Haus noch viele Geschichten kannte, Geschichten von Sturm und Schweigen, von Dingen, die im Sand vergraben lagen. Und sie wusste, dass der Wind sie alle irgendwann erzählen würde.

9

SPUREN IM DÜNENSAND

Die Promenade von Büsum war an diesem Morgen leer. Der Wind wehte salzige Luft vom Meer in die schmalen Gassen. Möwen suchten nach Futter. Die Sonne schien auf den nassen Asphalt. Über den Holzpfaden am Strand hing noch die feuchte Kühle der Nacht. Dort, wo Urlauber normalerweise barfuß spazieren, fanden Spaziergänger eine Blutspur. Sie war vom Rand der Dünen bis zum Wasser.

Kommissarin Fenja Larsen wurde um kurz nach sieben Uhr alarmiert. Ein Anruf weckte sie. Es war die Büsumer Küstenwache. Sie fuhr von Heide nach Büsum. Sie wusste, dass dieser Tag kein gewöhnlicher werden würde. Fenja arbeitete seit Jahren an der Küste, kannte die Orte, die Gezeiten und den Rhythmus von Ebbe und Flut. Sie wusste, dass das Meer selten ein Geheimnis lange für sich behielt. Neben ihr saß Torben Jansen, ihr Partner. Seine stille Art beruhigte sie.

Am Strand beugte sich Torben über den Sand. „Das ist frisch", sagte er und berührte vorsichtig den dunklen Fleck. Er zeigte auf die Spuren. „Hier, Stiefel in Größe 43, und daneben ein kleineres Paar. Wahrscheinlich ein Mann und eine Frau." Fenja kniff die Augen zusammen. Sie sah die Spuren im Morgenlicht. Der Wind brachte Sand. „Wir müssen uns beeilen", sagte sie.

Eine Stunde später fanden die Beamten den Körper einer Frau in einer Senke zwischen den Dünen. Sie lag im Sand, das Gesicht zur Seite geneigt. Das Meer wich zurück und zeigte ihre blasse Haut. Fenja erschrak, als sie sich über die Leiche beugte. Der Ausweis in ihrer Jackentasche zeigte, wer sie war: Carina Wolter ist 34 Jahre alt und kommt aus Hannover. Fenja hat die Umgebung abgesperrt und Torben hat Fotos gemacht. Sie sah die junge Frau vor sich, wie sie dasteht, mit einem Ausdruck in den Zügen. Es wirkte, als hätte Carina versucht, etwas zu sagen, was im Sand verloren gegangen ist.

Fenja und Torben gingen am Vormittag in das Hotel, in dem Carina abgestiegen war. Das Haus lag hinter dem Deich, das Mauerwerk vom Salz zerfressen, die Fenster matt vom Wind. Der Portier, ein älterer Mann, gab ihnen nervös die Schlüssel. „Ich habe sie gestern Abend gesehen", sagte er leise. „Mit ihrem Freund, Janos Keller. Sie haben gestritten. Laut. Es ging um Geld. Sie hat geweint." Das Zimmer roch nach abgestandener Luft und feuchtem Handtuch. Auf dem Bett lag eine geöffnete Tasche. Der Stoff war mit Sandkörnern und kleinen Muschelsplittern bedeckt. Es sah so aus, als hätte jemand die Tasche schnell durchsucht. Ein rotes Tuch mit Salzflecken und dunklen Schatten lag am Boden. Fenja nahm es auf, schaute es kurz an und legte es dann in eine Tasche für Beweise.

Janos Keller war nicht im Hotel. Der Portier sagt, er habe das Haus in der Nacht verlassen und nicht zurückgekommen. Fenja hatte das ungute Gefühl, dass er mehr wusste, als er zugeben wollte. Sie ging zum Fenster und sah aufs Meer. Es schimmerte grau in der Sonne. Dieser Fall roch nach mehr als nur einem Beziehungsstreit.

Am Nachmittag waren sie im Hafen. Dort, wo die Krabbenkutter im Wind knarrten und das Salz wie feiner Staub auf den Netzen lag, befragte Fenja die Fischer. Ein Mann mit rauem Gesicht und Händen erinnerte sich. „Da war einer, spät in der Nacht. Er stand allein an den Bühnen. Dunkle Jacke, unruhig. Er sah aus, als ob er etwas sucht. Im Wasser vielleicht." Die Beschreibung passte zu Janos.

Am selben Tag wurde er gesucht. Spürhunde suchten am Strand und Boote fuhren vor der Küste. Kriminaltechniker untersuchten Carinas Handy. Die letzte Nachricht, die sie verschickt hatte, ließ Fenja aufhorchen: „Er darf es nicht finden. Wenn er es findet, bin ich verloren." Es gibt keinen Namen und keine Erklärung. Nur dieser rätselhafte Satz.

Am zweiten Morgen brachte die Küstenwache neue Spuren. Auf einem verlassenen Holzsteg lag ein Rucksack. Er war nur wenige Kilometer vom Fundort der Leiche entfernt. Nass und von der Flut gezeichnet. Darin fanden sie ein Messer, dessen Klinge von Blut verfärbt war, und eine alte Münze, die schon lange im Salzwasser war. Torben hielt die Münze hoch. „Das hier ist kein Souvenir. Vielleicht von einem Wrack." Fenja verstand die Verbindung. Janos Keller war Hobbytaucher. Im Hotel fanden sie Hinweise, dass er in den letzten Tagen mehrfach am Wrack der „Möwe" gewesen war. Das war ein Küstenfrachter, der 1943 gesunken war. In Tauchforen wurde immer wieder spekuliert, dass das Schiff noch wertvolle Fracht beherbergte. Carina hatte wohl geahnt, dass diese Schatzsuche schlecht enden könnte.

Die Stunden vergingen. Fenja saß im Büro der Polizeiwache und sah auf die Küstenkarte. Sie dachte immer wieder das Gleiche. Wenn Carina Angst hatte, lag es vielleicht nicht nur an Janos' Gier. Vielleicht hatte sie etwas Gefährliches gefunden.

Die dritte Nacht brachte die Wende. Ein Zeuge hat Lichtsignale vor der Küste gesehen. Ein Motorboot ohne Positionslichter, nur ein schwacher Schein, der wie ein Hilferuf wirkte. Fenja und Torben zögerten nicht. Es war windig und dunkel, als sie das Boot starteten. Sie fanden Janos in einer kleinen Bucht. Er sah müde aus. „Es war ein Unfall!", rief er, als sie das Boot erreichten. „Carina wollte mich aufhalten. Wir haben gestritten. Sie ist gestürzt. Ich wollte sie retten, aber die Flut kam zu schnell." Fenja hörte ihm zu, aber dachte schon an die Beweise. Das Messer im Rucksack, die Blutspuren im Sand, die Nachricht auf Carinas Handy. Das war eine andere Geschichte. Sie ließ das Boot anlegen und nahm Janos fest.

Bei den Verhören brach er zusammen. Er gab zu, die Münzen aus dem Wrack geholt zu haben. Carina wollte die Polizei rufen. „Ich habe sie gestoßen. Ich bin nur gegen jemanden gestoßen. Aber dann fiel sie hinein und das Wasser kam." Seine Stimme brach zusammen.

Fenja unterschrieb den Bericht kurz nach Mitternacht. Das Meer war ruhig. Sie verließ die Wache und ging zum Strand. Das Wasser glitzerte im Licht des Mondes, die Sandkörner spiegelten das Licht. Fenja stand still und sah auf die Stelle, an der sie am Morgen zuvor die Blutspur entdeckt hatten. Alles war weg. Es lag kein Sandkorn auf Carina, und es gab keine Fußabdrücke, die von ihren letzten Schritten zeugten. Das Rauschen der Wellen war immer noch zu hören. „Das Meer wäscht vieles fort", murmelte Fenja, während der Wind ihr Haar durcheinander wirbelte. „Aber nicht die Schuld. Die bleibt, auch wenn keiner sie sieht."

Sie dachte an Carinas Nachricht. Die Worte darin waren wie ein Rätsel. Vielleicht war es mehr als nur ein Hinweis auf die Münzen. Vielleicht war es ein Hilferuf, ein letztes Aufbegehren gegen das, was passieren musste. Fenja wollte das Wrack bergen und es vor den bösen Leuten schützen.

Als sie zum Parkplatz zurückkam, war es dunkel. Nur das ferne Blinken des Leuchtturms schnitt die Nacht in regelmäßigen Abständen. Fenja blieb stehen und atmete die salzige, nach Seetang und Metall riechende Luft ein. Es roch nach Meer. Am nächsten Morgen, als der Himmel rosa wurde, ging Fenja noch einmal an den Strand. Die Flut hatte den Sand glattgespült. Sie kniete nieder, legte die Hände auf den kalten Sand und fühlte, wie er langsam warm wurde. Manche Geschichten verschwanden, aber das Meer trug sie weiter – in Erinnerungen, in Legenden, im Flüstern der Wellen.

10

WANDERUNG INS VERDERBEN

Die Sonne stand noch tief, als sich die Gruppe am Morgen am Deich von Dagebüll sammelte. Der Himmel war wolkenlos, und das Watt glitzerte wie eine endlose, silbrig schimmernde Ebene, die bis zum Horizont reichte. Bodo Feddersen, ein Mann mit wettergegerbtem Gesicht, führte sie an. Er war seit zwanzig Jahren Wattführer, kannte jede Priel, jede heimtückische Stelle, an der das Wasser schneller kam, als es sollte. Seine kräftige Stimme übertönte das leise Schmatzen der Schuhe im Schlick. „Wir gehen zur Hallig Südfall. Es ist ungefähr eine Dreiviertelstunde, dann machen wir Pause." Die Touristen nickten, machten Fotos, und das leise Klacken der Kameras mischte sich mit dem entfernten Rufen der Möwen.

Die Gruppe bestand aus sieben Leuten: einem älteren Ehepaar, einer Mutter mit ihrem Sohn, einem Paar aus Hamburg und einem Mann, der alleine unterwegs war – Gregor, wie er sich vorstellte. Er war groß, schlank, mit kurzen Haaren und einem Blick, der nie lange an einem Ort verweilte. Schon zu Beginn fiel Bodo auf, dass Gregor sich unwohl fühlte, als würde er am liebsten allein gehen. Doch er schwieg, wie er es bei fremden Gästen immer tat, und führte sie weiter über die glänzenden Flächen, die Ebbe ihnen schenkte.

Die Luft war klar, der Himmel weit. Hin und wieder blieben sie stehen, um den Zug der Wolken oder die Spuren kleiner Krebse zu beobachten. Der Boden knirschte, wenn sie auf Sand trafen, und saugte an den Stiefeln, wenn sie den Schlick querten. Bodo erzählte von den Gefahren der Nordsee, vom Blanken Hans, der gnadenlos kam, wenn die Flut einsetzte, und von den Menschen, die im Watt ihr Leben verloren hatten, weil sie die Gezeiten unterschätzt hatten. Gregor hörte kaum zu. Sein Blick huschte immer wieder über die Schultern, als würde er verfolgt.

Nach einer Stunde erreichten sie eine kleine Sandbank, auf der Bodo eine Pause einlegte. Er stellte seinen Wattstock in den Boden, zog die Wasserflasche aus dem Rucksack und ließ die Gruppe durchatmen. „In einer halben Stunde müssen wir zurück," erklärte er. „Das Wasser dreht dann." Die Sonne stand nun höher, die Luft flimmerte leicht, und ein dünner Wind wehte den Geruch von Salz und Algen herüber. Doch während die anderen lachten und Selfies machten, zog sich Gregor ein paar Meter zurück. Er telefonierte leise, fast hektisch, und blickte immer wieder auf die Sandbank, die im Westen langsam kleiner wurde.

Bodo beobachtete ihn mit einem Stirnrunzeln. Als Gregor zurückkam, war sein Gesicht angespannt. „Alles in Ordnung?" fragte Bodo beiläufig. Gregor nickte zu schnell, zu abwehrend. „Ja, klar." Doch die Unruhe zwischen ihnen blieb wie eine unsichtbare Spannung in der Luft.

Auf dem Rückweg, als die Sonne bereits tiefer stand und das Licht weicher wurde, kam es zum ersten Streit. Bodo merkte, dass Gregor nicht bei der Gruppe blieb. Immer wieder schlug er einen anderen Weg ein, als wolle er etwas im Watt suchen. „Bleiben Sie bei der Gruppe," rief Bodo ihm nach. „Das ist kein Spaziergang." Gregor funkelte ihn an. „Ich weiß schon, was ich tue." „Das glaube ich nicht," antwortete Bodo kühl. „Wenn Sie klug sind, hören Sie auf, den Helden zu spielen." Der Ton zwischen den beiden wurde schärfer, und das Hamburger Paar beobachtete die Szene mit wachsender Nervosität. Niemand verstand, warum Gregor so unruhig war.

Als sie endlich das Festland erreichten, schien der Streit vergessen. Die Touristen verteilten sich, lachten erleichtert, zogen die nassen Schuhe aus. Doch Bodo fehlte. Zuerst dachte man, er sei zurückgeblieben, um nachzusehen, ob jemand etwas verloren hatte. Doch er kam nicht. Nach zwanzig Minuten begann man, unruhig zu werden. Ein Anruf bei Bodo blieb unbeantwortet. Erst als ein junger Fischer berichtete, dass er auf dem Rückweg vom Hafen einen einzelnen Mann gesehen habe, der hastig durchs Watt rannte, wurde die Polizei eingeschaltet.

Kjell Thomsen übernahm die Ermittlungen. Er war ein Mann Anfang fünfzig, mit grauen Schläfen und ruhigen Augen, die sofort jedes Detail wahrnahmen. Kjell war hier aufgewachsen, kannte die Strömungen und die Gefahren wie seine Westentasche. Als er die ersten Aussagen der Gruppe hörte, fiel ihm auf, dass alle denselben Namen nannten: Gregor. Er war der Einzige, der sich auffällig verhalten hatte.

Kjell sprach mit Clara, der älteren Frau aus der Gruppe, die alles beobachtet hatte. Sie erzählte ihm von dem Streit. „Er hat Bodo angeschrien, er solle ihn in Ruhe lassen. Und dann… dann war Bodo plötzlich weg." Clara schüttelte den Kopf, als wollte sie ein Bild vertreiben. „Ich glaube, Bodo wollte ihn zur Vernunft bringen. Er war immer so vorsichtig, so aufmerksam."

Kjell ließ sofort eine Suche starten. Hubschrauber, Drohnen, sogar Rettungshunde kamen zum Einsatz. Das Watt wirkte unendlich, als würde es alles verschlucken, was man ihm anvertraute. Am Abend fanden sie Bodos Wattstock – zerbrochen – und eine Mütze, an deren Krempe getrocknetes Blut klebte. Kjell bückte sich, hob die Mütze auf und wusste, dass sie keine einfache Vermisstensache hatten.

Die Nacht brachte keinen Schlaf. Kjell ging im Polizeirevier auf und ab, während die Karte des Watts auf dem Tisch ausgebreitet lag. Er wusste, dass die Flut das Gelände immer wieder veränderte, Spuren löschte und neu schrieb. Am nächsten Morgen stellte er Gregor zur Rede. Doch der Mann war verschwunden. Sein Zimmer in einem kleinen Gasthaus war leer, sein Gepäck fort. In der Schublade fand man jedoch eine Tasche mit antiken Münzen – Beweise eines Schmuggels, der Gregor offenbar in die Enge trieb.

Als die Flut zwei Tage später zurückging, fand ein Fischer Bodos Leiche auf einer Sandbank, die im Abendlicht lag wie ein trügerischer Spiegel. Er trug noch seinen Rucksack, der von Schlick und

Wasser durchweicht war. Die Obduktion ergab, dass er nicht ertrunken war. Ein harter Schlag gegen den Kopf hatte ihn bewusstlos gemacht, bevor die Flut kam. Kjell schloss die Augen, als er den Bericht las. Es war, als würde das Watt ihm ein letztes, grausames Geheimnis zuflüstern.

Die Suche nach Gregor begann erneut. Kjell und sein Team durchkämmten die Deiche, sprachen mit Fischern, durchsuchten die Häfen bis Sylt. Dann ein Hinweis: Ein Boot, das im Morgengrauen ohne Licht aus Dagebüll abgelegt hatte. Kjell folgte der Spur bis zu einem abgelegenen Schuppen am Hafen, wo er alte Kisten fand – voll mit Silberbestecken, Münzen und Schmuck, alles mit einer Patina von Salz und Zeit. Gregor war nicht nur ein flüchtiger Tourist. Er war ein Mann auf der Suche nach etwas, das nie ihm gehörte.

Kjell stand im Schuppen, als der Wind durch die Ritzen pfiff und die Tür hinter ihm knarrte. Gregor trat aus dem Schatten, das Gesicht verzerrt vor Zorn und Angst. „Sie verstehen nicht," stieß er hervor. „Bodo wollte mich verraten. Er wollte, dass ich aufgebe. Ich konnte nicht." Es kam zu einem kurzen Gerangel. Kjell konnte ihn zu Boden bringen, doch die Worte des Mannes hallten nach. „Es war ein Unfall. Ich wollte ihn nur zurückhalten."

Als Gregor abgeführt wurde, zog erneut ein Sturm auf. Der Himmel verdunkelte sich, und das Watt lag da wie eine bedrohliche, lebendige Masse. Kjell blieb einen Moment am Deich stehen, während die Einsatzwagen davonfuhren. In der Ferne blinkte das Licht eines Leuchtturms, stoisch und unerschütterlich, als wollte es sagen: Hier gibt es keine Geheimnisse, die ewig bleiben.

Clara kam ein paar Tage später zum Kommissariat, um sich zu bedanken. Sie brachte einen kleinen Strauß Strandflieder mit, als stumme Geste des Abschieds an Bodo. „Er hat uns gerettet," sagte sie leise. „Ohne ihn wären wir vielleicht selbst verloren gewesen." Kjell nickte nur, weil es nichts zu sagen gab, das den Verlust kleiner gemacht hätte.

Später, als der Abend dämmerte und die Ebbe erneut das Watt freigab, ging Kjell allein hinaus. Das leise Schmatzen des Schlicks unter seinen Schuhen klang wie ein Flüstern, das nur er hören konnte.

11

DER TOTE IM KRABBEN-KUTTER

Nordstrand lag noch im Dunkeln, als der Kutter „Martha" langsam in den Hafen einlief. Die Holzplanken quietschten bei jeder Bewegung. Nebel waberte über das Wasser. Hinnerk Andresen stand allein auf dem Schiff. Das war ungewöhnlich, denn normalerweise arbeitete er mit seinem jungen Decksmann, dem 22-jährigen Fiete Lohse. Aber der Platz neben der Reling war leer. Als Hinnerk die Leinen über den Poller warf, zitterten seine Hände. Bevor jemand mit ihm reden konnte, ging er zum Hafenmeister und sagte mit belegter Stimme: „Er ist weg. Fiete ist weg." Die Wasserschutzpolizei wurde Minuten später alarmiert.

Kommissarin Annika Stöver ist eine Frau, die auch unter rauen Bedingungen ruhig bleibt. Sie kannte die Nordsee, den Sommer und den Winter. Sie ging schnell aufs Deck der „Martha". Schon beim ersten Blick sah sie das Chaos. Ein umgestürzter Eimer, eine zerbrochene Kiste, verstreute Krabbenschalen. Es roch nach Salz und Diesel, aber auch nach etwas, das niemand sagen wollte. „Hier hat jemand mehr als Krabben aus dem Wasser gezogen", sagte Annika, während sie mit ihren Handschuhen eine Schramme am Schott berührte.

Im Gespräch mit Hinnerk wich der alte Kapitän ihrem Blick aus. „Wir haben gestritten", sagte er dann. Seine Stimme klang rau. „Er wollte aufhören mit der Fischerei. Er wollte in Kiel Maschinenbau studieren. Ich habe gesagt, er soll es nicht machen. Aber dann war er plötzlich weg. Ich habe ihn gerufen und gesucht, aber er war nicht mehr da." Annika schaute ihn kühl an. „Sie wollen mir erzählen, er ist ins Wasser gefallen, ohne dass Sie es bemerkt haben?" Hinnerk schwieg.

Nach Hinnerks Aussage wurde der Hafen sehr lebendig. Boote fuhren hinaus, um die Sandbänke zu suchen. Ein Hubschrauber flog über dem grauen Watt. Annika half bei der Suche nach Spuren im Kutter. Dabei sah sie einen dunklen Fleck auf der Reling. Er kam nicht vom Wasser. „Das sieht nach Blut aus", sagte sie leise und schrieb eine Notiz.

Gegen Mittag brachte ein Fischer Fundstücke aus dem Wasser. Fietes Ölzeug hing an einer Bühne. Der Stoff war durch das Salz steif und schwer. In der Tasche fand man ein Taschenmesser und einen Zettel mit den Worten: „Treffpunkt Mitternacht – redet nicht." Die Worte waren von einer schnellen Hand geschrieben, und manche Buchstaben konnte man kaum lesen. Annika hielt den Zettel gegen das Licht, als ob sie ein Geheimnis darin sehen könnte. „Das klingt nach einer Verabredung. Aber mit wem?"

Der Wind wurde stärker, peitschte kleine Wellen an die Kaimauer. Annika ging zum Kai und fragte die Fischer. Die Fischer antworteten kurz. Die meisten schüttelten den Kopf, als hätten sie Angst, zu viel zu sagen. Jens „Schorsch" Martens, ein alter Bekannter, wagte es, etwas zu sagen. Er sagte: „Ich hab was gesehen" und zog an seiner Pfeife. „Da war ein Boot. Es ist dunkel und ruhig. Kein Kutter von hier. So fahren nur die, die nicht gesehen werden wollen." Annika nickte. Sie dachte viel nach.

Am späten Nachmittag ging sie zum Hafen. Hinter der Mole lag eine alte Krabbenfabrik. Sie war verlassen, der Putz bröckelte und die Fenster waren zersplittert. Annika öffnete die Tür. Die Angeln quietschten. Sie roch alten Fisch, Rost und Diesel. Auf dem Boden lagen frische Reifenspuren. Sie gehörten nicht hierher. Sie ging mit ihnen durch das dunkle Gebäude und fand ein verstecktes Zimmer mit Kisten. Auf den Deckeln war noch Salz, als wären sie erst vor kurzem aus dem Wasser gezogen worden. Als Annika einen Deckel anhob, sah sie Elektronikgeräte wie Telefone, Festplatten und Kameras. Alles war verpackt. „Schmuggelware", flüsterte sie.

Ein Mann tauchte aus dem Schatten auf. Er war schmal, seine Kleidung schmutzig und sein Gesicht eingefallen. „Ich habe nichts gesehen", sagte er. Annika schaute ihn an. „Fiete war hier, stimmt's?" Der Mann sagte nichts, aber man sah es ihm an. „Er wollte nicht mitmachen. Hat gesagt, er erzählt es der Polizei." Annika schrieb alles auf, ihre Gedanken waren schon ganz woanders.

Am Abend kam Annika wieder am Hafen an. Das Licht der Laternen spiegelte sich auf dem nassen Asphalt. Sie sah die „Martha" liegen. Sie wirkte erschöpft. Sie kletterte erneut an Bord, diesmal allein. Mit der Taschenlampe leuchtete sie das Deck ab, das knarrte. Jede Schramme erzählte eine Geschichte. Sie kniete sich neben die Reling, wo sie die Blutspur entdeckt hatte. „Fiete hat gekämpft", flüsterte sie. „Aber gegen wen?"

Die Nacht war unruhig. Annika schrieb ihre Gedanken auf, zeichnete einen Hafen und machte Punkte, an denen Spuren gefunden worden waren. Das Bild zeigte, dass Fiete den Schmuggel bemerkt haben musste. Jemand wollte ihn zum Schweigen bringen.

In den frühen Morgenstunden erhielt Annika einen Anruf. Ein Fischer hatte ein Stück von Fietes Kleidung im Watt gefunden. Sie war zerrissen und voller Salz und Blut. Annika ging sofort hinaus. Der Wind war stark, als sie am Fundort ankam. „Das war kein Unfall", flüsterte sie, während sie den Stoff in der Hand hielt.

Man suchte nun noch intensiver nach Fiete. Taucher suchten im flachen Wasser, Boote fuhren zwischen den Sandbänken. Annika beobachtete die Männer. Fiete tauchte vielleicht hinter der nächsten Schaumkrone auf. Aber das Watt schwieg.

Am Hafen sprach Annika Hinnerk mit ihm. Der alte Kapitän sah traurig aus. „Ich wollte ihm nicht wehtun", sagte er mit heiserer Stimme. „Er hat gesagt, er geht zur Polizei. Ich wollte nur reden, aber er hat sich gewehrt. Dann ist er gefallen. Ich konnte ihn nicht halten." Annika sah ihm in die Augen, bevor sie antwortete. „Das klingt nicht nach einem Unfall, Hinnerk."

Während sie Hinnerks Geständnis niederschrieb, kam plötzlich eine Nachricht über Funk. Ein Fischer hat einen jungen Mann auf einer Sandbank entdeckt. Er war durchnässt, aber lebendig. Annika fuhr zum Hafen, als Fiete an Bord gebracht wurde. Er war bleich und hatte blaue Lippen, aber er lebte. „Ich wollte nur weg", flüsterte er. „Aber dann habe ich sie reden hören. Es ging um Kisten, die niemand sehen darf. Ich konnte nicht mehr zurück."

Die nächsten Stunden verbrachte Annika im Krankenhaus. Fiete war erschöpft, aber stabil. Er erzählte von der Nacht, von Stimmen auf dem Wasser und von Männern, die sich trafen, während der Kutter im Dunkeln lag. „Sie haben etwas aufgeladen, keine Krabben. Ich habe es gesehen."

Annika tat alles, um zu helfen. Sie kehrte mit einem Durchsuchungsbefehl zur alten Krabbenfabrik zurück. Diesmal war sie nicht allein. Die Polizisten durchkämmten das Gebäude und fanden weitere Kisten voller gestohlener Ware. Zwei Männer wurden dabei erwischt, wie sie Beweise zerstörten.

Annika ging am Abend über den Deich. Das Wasser glitzerte im Licht der untergehenden Sonne. Aber sie wusste, dass die Nordsee ihre Geschichten nicht vergisst. Sie bewahrt sie in Schlick und Sturm, bis jemand zuhört. Heute war sie es, die zugehört hatte.

Sie blieb stehen und sah den Kutter zurückkommen. Im Hafen war wieder Ruhe. Aber Annika spürte, dass es noch mehr Schmuggel und Geheimnisse gab, die über Nordstrand hinausgingen. Sie zog die Jacke enger um sich und dachte an Fietes Worte. Im Krankenhaus hatte er geflüstert: „Das Meer ist nicht böse, aber die Menschen, die es missbrauchen, schon." Annika nickte. Sie wusste, dass sie noch mehr tun musste.

12

FLAMMEN ÜBER DEM HAFEN

Die Nacht über Husum war schwer gewesen. Dicker Rauch hatte sich wie ein grauer Schleier über den Hafen gelegt, und selbst am Morgen hing noch der scharfe Geruch von verbranntem Holz in der Luft. Lea Martens stand vor den verkohlten Resten ihres Bootsschuppens und konnte kaum glauben, was sie sah. Die Wände waren schwarz, das Dach eingestürzt, und das Boot, an dem sie monatelang gearbeitet hatte, war nur noch ein verdrehtes Gerippe aus Asche. Der Wind trieb Ascheflocken über den Kai, als wollte er die Spuren der Nacht verstreuen. Ein einsamer Kutter tuckerte in der Ferne, und die Möwen kreischten, als spürten sie, dass hier etwas nicht stimmte.

Kommissar Erik Lund kam mit festem Schritt über die Pflastersteine. Sein Blick war wachsam, die Hände in den Manteltaschen. „Lea," sagte er ruhig, „wir müssen reden." Sie drehte sich um, das Gesicht bleich vor Wut und Müdigkeit. „Das war kein Unfall, Erik. Jemand wollte, dass mein Boot verbrennt."

Er kniete sich neben die Trümmer. „Die Feuerwehr hat mehrere Brandherde gefunden. Kanisterspuren. Es war Brandstiftung." Seine Stimme war sachlich, aber sein Blick blieb kurz bei Lea hängen. Sie nickte, kniff die Lippen zusammen. Der Schmerz, den sie empfand, ging über den Verlust eines Bootes hinaus. Dieses Boot war mehr gewesen als Holz und Schrauben – es war ihr Traum, ihre Unabhängigkeit.

Ein Hafenarbeiter erzählte von einem Transporter, der in der Nacht am Kai gestanden hatte. „Dunkelblau, vielleicht eine Delle an der Seite. Kennzeichen konnte ich nicht erkennen." Erik notierte es und ließ die Kamerabilder prüfen. Lea hörte nur mit halbem Ohr zu. In ihrem Kopf pochte nur ein Gedanke: Maik Petersen.

Vor zwei Jahren hatten sie zusammen die Werft betrieben. Gemeinsam hatten sie gelacht, gearbeitet, bis spät in die Nacht Pläne geschmiedet. Doch Maik hatte Geld abgezweigt, sich hinter ihrem Rücken bereichert. Sie hatte ihn rausgeworfen, und er hatte ihr mit eiskalter Stimme gedroht, dass sie dafür bezahlen würde.

Am Nachmittag suchte Erik ihn auf. Maiks Werkstatt lag am Stadtrand, rostige Scharniere quietschten, als die Tür aufging. „Was willst du?" Maik lehnte im Türrahmen, eine Zigarette in der Hand. „Wo warst du letzte Nacht?" – „Zuhause. Was glaubst du eigentlich, Erik?" Er grinste schief, doch in seinen Augen blitzte etwas Unruhiges. „Leas Werft hat gebrannt," sagte Erik knapp. „Und jeder weiß, dass du einen Grund hättest."

„Hör auf mit dem Mist," knurrte Maik. „Ich hab mich geärgert, ja. Aber Feuer? Nein." Erik wusste, dass er ihn nicht so leicht knacken würde.

Noch auf dem Rückweg klingelte sein Handy. „Wir haben eine Aufnahme," meldete Tom, sein Kollege. „Kein Transporter, ein kleiner roter Wagen. Kennzeichen gehört Thomas Knutzen." Erik runzelte die Stirn. Knutzen war ein ehemaliger Angestellter von Lea. Er hatte sie gehasst, seit sie ihn wegen Diebstahls rausgeworfen hatte.

Als Lea am Abend nach Hause kam, hörte sie Schritte vor ihrem Fenster. Das Licht der Laterne warf einen langen Schatten auf den Boden. Sie fröstelte, zog den Vorhang zu. War Knutzen hier? Sie schloss die Tür ab, ein mulmiges Gefühl im Bauch.

Am nächsten Morgen standen Erik und Tom vor Knutzens Haus. Schon beim Betreten rochen sie Benzin. „Ihr Wagen war am Hafen," begann Erik. Knutzen zuckte mit den Schultern. „Und? Ist das verboten?" In seiner Garage fanden sie einen halb leeren Kanister und Jacken, die nach Rauch rochen. Bei der Vernehmung hielt er nicht lange stand. „Ja, ich war da," gab er zu. „Ich wollte ihr nur einen Schrecken einjagen. Sie hat mir damals alles kaputtgemacht."

Lea schloss die Augen, als sie es hörte. „Einen Schrecken? Er hat mein Leben verbrannt."

Die Tage danach waren schwer. Sie schlief kaum, sah nachts die Flammen vor sich. Freunde und Nachbarn halfen beim Aufräumen, doch jeder verkohlte Balken fühlte sich an wie ein Stich ins Herz. Abends saß sie oft am Kai, starrte auf das Wasser, das so ruhig wirkte, als hätte es nie Feuer gesehen. Eines Abends trat Erik zu ihr. „Es wird wieder gut, Lea. Du hast mehr Kraft, als du denkst." Sie lächelte matt. „Kraft ist nicht das Problem. Nur die Frage: Wofür noch?"

Spät in der Nacht blätterte sie in einem alten Fotoalbum. Bilder von ihr und Maik, mit ölverschmierten Händen, lachend vor dem ersten Boot, das sie gemeinsam gebaut hatten. Erinnerungen, die wehtaten. Sie fragte sich, ob sie zu hart gewesen war. Doch dann erinnerte sie sich an seinen kalten Blick und daran, dass er schon einmal alles aufs Spiel gesetzt hatte.

Lea beschloss, nicht aufzugeben. Mit Hilfe der Gemeinde und einiger Freunde begann sie, die Werft wieder aufzubauen. Neue Balken wurden geliefert, Bretter gehobelt, der Geruch von Holz und Farbe mischte sich mit dem Salz der Luft. Ein älterer Mann namens Jürgen, der früher selbst Boote gebaut hatte, bot seine Hilfe an. „Ich zeig dir, wie man den Kiel perfekt biegt," sagte er mit einem Zwinkern. Gemeinsam begannen sie, den Rumpf eines neuen Bootes zu formen. Jede Latte, die sie befestigte, fühlte sich an wie ein Sieg über die Nacht.

Am nächsten Abend ging Lea noch einmal allein zum Hafen. Es war kühl, der Nebel zog vom Wasser herauf. Zwischen den verkohlten Resten des alten Bootshauses entdeckte sie ein Stück Stoff – halb verbrannt, aber erkennbar. Rot-schwarz kariert. Maiks alte Arbeitsjacke.

Am nächsten Morgen legte sie es Erik auf den Tisch. „Das habe ich gefunden." Er runzelte die Stirn. „Das ist kein Beweis, aber es wirft Fragen auf." Lea presste die Lippen zusammen. „Ich will ihn sehen."

Sie ging selbst zu Maiks Werkstatt. Das Tor war offen. Drinnen saß Maik auf einem Stuhl, eine Bierflasche in der Hand. „Na, die Königin der Asche," höhnte er. „Warst du es?" Ihre Stimme war scharf wie Glas. Maik starrte sie an, dann schüttelte er den Kopf. „Ich hab dich gehasst, aber das hier? Nein. Wenn nicht ich, dann Knutzen." Er sprach leise, aber mit Nachdruck. Zum ersten Mal glaubte Lea, dass er die Wahrheit sagte.

Die Arbeit am neuen Boot schritt voran. Jürgen erzählte Geschichten von Stürmen und langen Nächten auf See. „Ein Boot ist mehr als Holz. Es ist ein Versprechen." Lea nickte, während sie Nägel einschlug. Manchmal half sogar Maik wortlos mit, brachte Werkzeuge oder hob schwere Planken. Es war kein Frieden, aber eine stille Verständigung.

Eines Abends, während die Sonne tief über den Hafen rutschte, saßen Lea und Erik auf der Kaimauer. „Weißt du, wie es ist, wenn du ein Boot zum ersten Mal ins Wasser lässt?" fragte sie. „Ich war sechzehn. Mein Vater stand neben mir. Er sagte: ‚Das Meer trägt nur die, die ehrlich sind.'" Sie schwieg einen Moment. „Das hab ich nie vergessen." Erik sah sie an, aber sagte nichts. Manchmal reichten Blicke.

Am Tag der Bootstaufe war der Kai voller Menschen. Alte Fischer, Nachbarn, sogar ein paar Touristen. Lea hielt eine Rede, ihre Stimme bebte, aber sie sprach klar. „Dieses Boot ist mehr als Holz. Es ist aus Mut gebaut, aus Erinnerungen und aus der Hilfe von Menschen, die an mich geglaubt haben." Dann löste sie das Seil, und das Boot glitt ins Wasser. Jubel brandete auf, und für einen Moment war alles leicht.

Später, als der Himmel orange und violett brannte, kam Maik zu ihr. Er wirkte müde, sein Gesicht ernst. „Es tut mir leid," murmelte er. Lea sah ihn lange an. Vielleicht würde sie ihm nie vergeben, aber sie nickte. Manchmal war ein Nicken genug.

Lea stand am nächsten Morgen allein am Kai. Das neue Boot schwankte sanft im Wasser. Ein leichter Wind zog durch den Hafen, und der Geruch von Salz, Öl und Holz lag in der Luft. Sie dachte an all das, was hinter ihr lag – und an das, was noch kommen würde. Ein leises Lächeln stahl sich auf ihre Lippen.

Erik trat neben sie, die Hände in den Taschen. „Und? Fühlt es sich richtig an?" Sie nickte. „Es fühlt sich an wie ein Neuanfang."

13

DER SCHATTEN VON FÖHR

Die Fähre nach Föhr schnitt langsam durch das graue Wasser, während dichter Nebel die Küstenlinie verschluckte. Anne Thomsen stand am Bug und zog den Kragen ihrer Jacke enger. Sie hatte sich geschworen, nie wieder hierher zurückzukehren. Doch jetzt, Jahre später, musste sie zurück. Nicht wegen eines Urlaubs, sondern wegen eines Mordes. Vor drei Tagen war auf der kleinen Insel ein Mann tot aufgefunden worden – Peter Möller, ein bekannter Muschelfischer. Man hatte ihn zwischen den Buhnen entdeckt, das Gesicht nach unten im seichten Wasser. Für die Polizei war es zunächst ein Unfall gewesen. Doch die Gerüchteküche brodelte, und als alte Freundin der Familie Möller wollte Anne wissen, was wirklich passiert war.

Kaum im Hafen von Wyk angekommen, begrüßte sie der vertraute Geruch von Salz, Teer und frischem Fisch. Sie nahm sich ein Taxi und fuhr zu ihrer Tante Rieke, die seit Jahrzehnten einen kleinen Gasthof führte. „Anne! Kind, wie lange haben wir uns nicht gesehen?", rief Rieke, als Anne die Tür aufstieß. Der Gasthof roch nach Apfelkuchen und Kaminfeuer, und für einen Moment fühlte sich Anne wieder wie das Mädchen, das hier jeden Sommer verbracht hatte.

Bei Tee und frisch gebackenem Butterkuchen erzählte Rieke von den letzten Tagen. „Peter war kein einfacher Mensch, aber er war beliebt. Seit dem neuen Hafenprojekt gibt es Streit. Peter meinte, jemand wolle ihn aus dem Weg haben. Er sprach von dunklen Geschäften." Anne runzelte die Stirn. „Was für Geschäfte?" Rieke zuckte die Schultern. „Er sagte nur, man wolle die alten Fischer vertreiben." Noch bevor der Morgennebel sich hob, machte Anne sich auf den Weg zum Deich. Der Wind roch nach Tang, und in der Ferne hörte sie Möwen schreien. Sie ging zum Fundort der Leiche, eine schmale Stelle zwischen zwei Buhnen. Das Wasser war ruhig, doch in der feuchten Erde konnte sie noch die Abdrücke sehen – grobe Stiefelspuren, größer als ihre eigenen. Sie zog ihr Handy und machte Fotos. Ein Besuch bei der örtlichen Polizei brachte sie mit Kommissar Hansen zusammen, der den Fall leitete. Er war ein Mann um die fünfzig, mit wettergegerbtem Gesicht und einer Vorliebe für Pfefferminzbonbons. „Sie sind also die Journalistin aus Hamburg," stellte er fest, als sie sich vorstellte. „Ich bin hier privat," erwiderte Anne. „Peter war ein Freund." Hansen musterte sie, als prüfe er ihre Absichten. „Freunde mischen sich nicht in Ermittlungen." – „Ich will nur verstehen, was passiert ist."

Am frühen Nachmittag traf Anne Peters Bruder Arne. Er war grobschlächtig, seine Hände von harter Arbeit gezeichnet. „Peter hat mir erzählt, dass er beobachtet wurde," sagte er leise. „Er wollte nicht reden, aber ich weiß, dass er Angst hatte." Anne hörte aufmerksam zu. „Hat er dir Namen genannt?" Arne schüttelte den Kopf. „Nur von einem roten Motorboot, das ihn seit Wochen verfolgte."

Noch am selben Abend wanderte Anne zum Hafen. Die Sonne stand tief, und die Boote lagen wie schlafende Tiere im Wasser. Plötzlich hörte sie Schritte hinter sich. Sie drehte sich um, doch der Steg war leer. Ein kalter Schauer lief ihr den Rücken hinunter.

Im Licht der Hafenlaterne entdeckte sie ein rotes Motorboot. Es war alt, die Farbe abgeblättert, aber es passte zu Arnes Beschreibung. Sie machte Fotos und notierte den Namen: „Seestern II". Ein alter Kutterkapitän, der gerade Netze flickte, trat zu ihr. „Das Boot gehört nicht hierher," murmelte er. „Gestern lag es noch bei Dagebüll. Seit Peters Tod liegt es hier." Anne spürte, wie sich ein Knoten in ihrem Bauch zog.

In dieser Nacht schlief sie unruhig. Immer wieder hörte sie das Heulen des Windes und das Klopfen der Taue an den Masten. Gegen drei Uhr wachte sie auf, weil jemand vor dem Gasthof stand. Sie lauschte, hörte Schritte, ein metallisches Klirren. Doch als sie aus dem Fenster sah, war der Hof leer. Nur der Nebel kroch wie ein graues Tier durch die Gassen.

Am nächsten Vormittag besuchte sie den alten Leuchtturm am Südufer. Hier traf sie auf Maren, Peters frühere Lebensgefährtin. Maren wirkte angespannt. „Er hat mir gesagt, dass er Beweise hat. Beweise gegen die neuen Investoren am Hafen." Anne spitzte die Ohren. „Welche Beweise?" – „Ich weiß es nicht. Aber er hat alles in einem Metallkasten im Boot versteckt." Entschlossen machte sich Anne auf die Suche nach dem Boot. Als die Schatten am Steg länger wurden, schlich sie sich an Bord der „Seestern II". Der Wind hatte aufgefrischt, kleine Wellen klatschten gegen die Holzpfähle. Unter einer losen Planke entdeckte sie eine kleine Metallkiste. Ihr Herz schlug schneller.

Da knarrte der Steg. Eine dunkle Silhouette kam näher. Ohne nachzudenken, schnappte sie die Kiste und sprang an Land. „Stehenbleiben!" brüllte eine raue Stimme. Anne rannte, hörte schwere Schritte hinter sich, das Holz ächzte, dann das dumpfe Aufprallen von Stiefeln auf dem Boden. Mit einem Hechtsprung erreichte sie den Gasthof und riss die Tür hinter sich zu.

Rieke, die gerade den Ofen schürte, fuhr erschrocken auf. „Was ist passiert?" Anne keuchte. „Jemand war hinter mir her." Sie stellte die Kiste auf den Tisch. Rieke zog die Augenbrauen hoch. „Was hast du denn da?" Anne öffnete sie vorsichtig. Darin lagen Papiere, eine kleine Festplatte und ein Notizbuch. Auf den ersten Seiten standen Namen und Summen. Es sah aus wie eine Liste von Bestechungen.

„Das sind Beweise," flüsterte Anne. „Peter wollte das aufdecken. Und jemand hat ihn deswegen umgebracht." Rieke schüttelte ungläubig den Kopf. „Du musst sofort zur Polizei." Doch Anne zögerte. „Ich traue Hansen nicht. Er wirkt, als wüsste er mehr, als er sagt."

Die Nacht zog träge vorbei, während Anne wachlag und überlegte. Wer hatte Interesse an Peters Tod? Der Name Jens Falkenhayn tauchte immer wieder auf – ein Bauunternehmer, der das neue

Hafengelände erweitern wollte und die Fischer verdrängte. Anne wusste, dass sie ihn sehen musste.

Am späten Vormittag radelte sie zu Falkenhayns Villa. Das Anwesen lag hinter hohen Hecken, und ein Wachhund schlug an, als sie klingelte. Falkenhayn öffnete persönlich. Er war ein Mann Mitte fünfzig, glatt rasiert, teurer Pullover, ein Lächeln ohne Wärme. „Was kann ich für Sie tun?" Anne hielt ihm das Notizbuch entgegen. „Erkennen Sie das?" Falkenhayn musterte es kurz. „Soll ich?" fragte er trocken. „Das ist doch nur altes Gerede." Doch sein Blick verriet etwas anderes. Anne merkte, wie er nervös die Hand an die Türklinke legte. „Wenn Sie etwas zu verbergen haben, wird es bald ans Licht kommen," sagte sie, drehte sich um und ging.

Als die Dämmerung hereinbrach, stand Kommissar Hansen vor der Tür des Gasthofs. „Sie haben in meiner Abwesenheit Ermittlungen angestellt," warf er ihr vor. „Wollen Sie mir erzählen, was Sie gefunden haben?" Anne zeigte ihm die Metallkiste. Er blätterte die Unterlagen durch, sein Gesicht blieb reglos. „Damit haben Sie sich in Gefahr gebracht," murmelte er schließlich. „Diese Leute sind skrupellos." Noch in derselben Nacht loderten Flammen am Hafen. Anne stand mit Rieke am Fenster und sah das Bootshaus von Arne Möller brennen. „Das ist eine Warnung," flüsterte Rieke. „Sie wollen, dass du aufhörst." Doch Anne konnte jetzt nicht mehr zurück.

Bei Sonnenaufgang suchte sie Arne auf. „Was weißt du wirklich?" Er sah sie wütend an. „Peter wollte Falkenhayn anzeigen. Aber er hatte Angst. Er sagte, er hätte einen Deal gesehen – Geld gegen Schweigen. Ich habe ihm geraten, zur Polizei zu gehen. Jetzt ist er tot." Anne zeigte ihm die Liste. Arne nickte. „Das ist seine Handschrift." Gemeinsam gingen sie zu Hansen. Der Kommissar hörte sich alles an und seufzte. „Ich habe schon länger Verdacht gegen Falkenhayn, aber wir brauchen mehr."
Anne beschloss, eine Falle zu stellen. Mit Arne und Rieke schmiedete sie einen Plan. Sie wollte Falkenhayn glauben machen, dass

sie weitere Beweise hätte. Als die Dunkelheit über Föhr fiel, stand sie allein am Deich. Das Licht des Leuchtturms blitzte im Nebel. Sie wartete. Schließlich rollte ein Auto heran, die Scheinwerfer ausgeschaltet. Ein Mann stieg aus. Es war Falkenhayn. „Sie sind eine verdammt neugierige Frau," sagte er kalt. „Geben Sie mir die Beweise."

Anne hielt das Notizbuch hoch. „Sie meinen das hier?" – „Legen Sie es auf den Boden." In diesem Moment tauchte Hansen hinter dem Auto auf, die Pistole in der Hand. „Lassen Sie das, Falkenhayn!" Es kam zu einem kurzen Gerangel, Falkenhayn wollte fliehen, wurde aber überwältigt.

Später, im Gasthof, saßen Anne, Rieke und Arne am Kamin. Hansen kam herein, den Mantel noch vom Regen durchweicht. „Er hat gestanden," sagte er knapp. „Er wollte Peter einschüchtern. Es ist eskaliert." Anne sah in die Flammen. Ein Teil von ihr war erleichtert, ein anderer Teil fühlte nur Leere. „Und was passiert jetzt?" fragte sie leise. Hansen zuckte mit den Schultern. „Falkenhayn wird verurteilt. Die Insel wird sich erholen. Aber manche Wunden bleiben."

Der Tag danach brachte klare Luft und einen Himmel voller milchiger Sonne. Anne ging ein letztes Mal zum Hafen. Fischer standen schweigend an ihren Booten, ihre Gesichter sorgenvoll. Einer von ihnen, ein alter Mann namens Harksen, sprach sie an. „Früher war es ruhiger hier," murmelte er. „Seit dem Bauprojekt gibt es nur Ärger. Peter war einer der Letzten, die sich gewehrt haben."

Anne hörte ihm zu und notierte jedes Wort. Harksen erzählte von nächtlichen Lieferungen, von Fremden, die bei Dunkelheit Maschinen auf die Insel brachten. „Ich hab nichts gesehen, offiziell," sagte er und zog die Mütze tiefer ins Gesicht. „Aber ich weiß, dass Falkenhayn mehr Dreck am Stecken hat, als er zeigt." Diese Worte hallten in ihr nach.

Ein Besuch im kleinen Inselcafé führte sie zu Maren. Die Frau wirkte erschöpft, ihre Augen gerötet vom Weinen. „Ich habe Peters letzten Anruf noch im Kopf," flüsterte sie. „Er sagte, er habe alles auf einer Festplatte gesichert, falls ihm etwas passiert." Anne zeigte ihr die Kiste. Maren streichelte über das Notizbuch, als wolle sie Peters Handschrift spüren. „Du musst das der Polizei geben," sagte sie, „sonst wird niemand für seinen Tod bezahlen."

Gegen Abend saß Anne allein auf dem Steg, die Füße über dem Wasser baumelnd. Die Nordsee lag ruhig, fast zu ruhig. In diesem Moment wusste sie, dass die Wahrheit nie einfach war. Sie sah das Licht des Leuchtturms blinken, wie ein stiller Taktgeber, und schwor sich, nicht eher zu gehen, bis alles ans Licht gekommen war.

Einige Tage später verließ Anne die Insel. Die Fähre zog ihre Bahn durch das glatte Wasser, während sie am Deck lehnte und den Blick auf Föhr nicht abwenden konnte. Hinter ihr lag ein Kapitel voller Dunkelheit, aber auch voller Mut. Sie hatte die Wahrheit ans Licht gebracht, und obwohl es sie viel gekostet hatte, fühlte sie sich stärker. Im Hafen von Dagebüll wartete die Weite des Festlands, doch ein Teil ihres Herzens blieb zurück, bei der Insel, die ihr gezeigt hatte, wie nah Gefahr und Hoffnung beieinander liegen.

Später traf Anne im kleinen Inselcafé auf Maren. Die Frau wirkte erschöpft, ihre Augen gerötet vom Weinen. „Ich habe Peters letzten Anruf noch im Kopf," flüsterte sie. „Er sagte, er habe alles auf einer Festplatte gesichert, falls ihm etwas passiert." Anne zeigte ihr die Kiste. Maren streichelte über das Notizbuch, als wolle sie Peters Handschrift spüren. „Du musst das der Polizei geben," sagte sie, „sonst wird niemand für seinen Tod bezahlen."

Am Abend saß Anne allein auf dem Steg, die Füße über dem Wasser baumelnd. Die Nordsee lag ruhig, fast zu ruhig. In diesem Moment wusste sie, dass die Wahrheit nie einfach war. Sie sah das Licht des Leuchtturms blinken, wie ein stiller Taktgeber, und schwor sich, nicht eher zu gehen, bis alles ans Licht gekommen war.

Einige Tage später verließ Anne die Insel. Die Fähre zog ihre Bahn durch das glatte Wasser, während sie am Deck lehnte und den Blick auf Föhr nicht abwenden konnte. Hinter ihr lag ein Kapitel voller Dunkelheit, aber auch voller Mut. Sie hatte die Wahrheit ans Licht gebracht, und obwohl es sie viel gekostet hatte, fühlte sie sich stärker. Im Hafen von Dagebüll wartete die Weite des Festlands, doch ein Teil ihres Herzens blieb zurück, bei der Insel, die ihr gezeigt hatte, wie nah Gefahr und Hoffnung beieinander liegen.

14

STURM ÜBER BORKUM

Das Licht des späten Nachmittags brach durch eine Lücke in den Wolken, tauchte den endlosen Strand in ein fahles, beinahe unheimliches Glühen. Marie Köster kniff die Augen zusammen, als sie vom Deich hinunterblickte. Der Sturm der vergangenen Nacht hatte tiefe Rinnen ins Watt gerissen. Zwischen den glänzenden Prielen funkelte etwas Metallisches. Neugierig stieg sie den schmalen Pfad hinab. Das Wasser zog sich zurück, und die Luft roch nach Salz und Tang. Mit jedem Schritt spürte sie, wie der Sand unter ihren Stiefeln nachgab, fast so, als wollte die Nordsee ihre Geheimnisse um jeden Preis bewahren.

Sie kniete nieder und zog das Objekt vorsichtig aus dem nassen Sand. Eine alte Blechdose, verrostet, doch schwer. Das Schloss war zerbrochen, offenbar schon vor Jahren. Sie zögerte, öffnete sie schließlich – darin ein vergilbtes Foto und ein zerknitterter Zettel. Die Buchstaben waren kaum lesbar, doch ein Satz stach hervor: „Sag es niemandem. Sonst ertrinkst du." Ein Schauder kroch Marie über den Rücken. Ein Ruf riss sie aus ihren Gedanken. Ein älterer Fischer, den sie von den morgendlichen Spaziergängen kannte, stand weiter vorne im Watt und winkte hektisch. Seine wettergegerbte Haut glänzte vom Schweiß. „Kommen Sie sofort zurück! Das Wasser steigt!" Marie steckte Foto und Zettel hastig in ihre Manteltasche und kämpfte sich durch den weichen Boden zurück auf den sicheren Deich.

Als sie die Treppenstufen erreichte, spürte sie, dass sie nicht allein war. Ein Mann stand oben, fast regungslos, als würde er auf sie warten. Groß, breitschultrig, die Kapuze tief ins Gesicht gezogen. „Haben Sie etwas gefunden?" Seine Stimme klang ruhig, fast zu ruhig. Marie schüttelte den Kopf, drückte die Tasche an sich und ging wortlos vorbei. Doch sie spürte seinen Blick im Nacken wie eine kalte Hand. Das Dorf lag hinter einer dünnen Nebelwand, als Marie in ihre kleine Ferienwohnung zurückkehrte. Borkum war in dieser Jahreszeit beinahe menschenleer. Ein paar Stammgäste, Fischerfamilien, die von der Nebensaison lebten, und sie, die Städterin, die sich hier von einer langen, zermürbenden Trennung erholen wollte. Doch jetzt, als der Wind die Fensterläden klappern ließ, kam ihr der Gedanke, dass sie sich vielleicht in etwas verstrickt hatte, das nicht für ihre Augen bestimmt war. Sie legte die Blechdose auf den Küchentisch. Das Foto zeigte drei Männer in Gummistiefeln, vor einem Holzkutter. Ihre Gesichter wirkten ernst, fast verbissen. Der Zettel war mit einer krakeligen Handschrift beschrieben, ein paar Wörter kaum noch zu entziffern: „Fundamente… Lüge… Blutgeld…" Marie spürte, dass das kein Zufall war.

Ein paar Stunden später klopfte es an der Tür. Zögernd öffnete sie. Vor ihr stand ein Mann mit grauem Bart und einer wetterfesten Jacke. „Sie sind die Frau aus dem Watt?" Er stellte sich als Hinnerk Claasen, Kriminalkommissar aus Emden, vor. „Es gab einen Zwischenfall. Ein Fischer ist tot aufgefunden worden, ertrunken. Aber die Umstände sind merkwürdig." Er fixierte die Dose auf dem Tisch. „Wo haben Sie die gefunden?" Marie überlegte einen Moment zu lange, und er merkte es. „Wenn Sie etwas wissen, sagen Sie es. Hier draußen verschwindet die Wahrheit schneller als die Flut." Sie erzählte ihm von den Spuren im Watt, von der seltsamen Begegnung mit dem Mann am Deich. Hinnerk hörte schweigend zu, zog dann das Foto zu sich heran. „Das ist alt. Die Männer sind fast alle tot oder weggezogen. Nur einer lebt noch – Falk Peters. Ein schwieriger Typ, Fischer seit 40 Jahren. Er wohnt in der alten Kate am Südstrand. Wenn einer weiß, was damals passiert ist, dann er."

Die Nacht brach mit einem lauten Knirschen herein, als Windböen die Dächer rüttelten. Marie konnte nicht schlafen. Immer wieder hörte sie Schritte draußen, ein Knirschen im Kiesweg, das nicht von den Bäumen stammen konnte. Schließlich zog sie sich einen Mantel über, griff nach der Taschenlampe und trat hinaus. Nichts außer Dunkelheit, doch das Gefühl von Beobachtung blieb.

Am nächsten Vormittag fuhr sie mit dem Rad zu Falk Peters. Das Haus lag einsam zwischen Dünen und Watt, grau, vom Sturm gezeichnet. Ein verwilderter Hund bellte, als sie das Tor öffnete. Falk selbst erschien in der Tür – ein hagerer Mann mit stechenden Augen. „Was wollen Sie?" Seine Stimme war heiser. Marie hielt ihm das Foto hin. „Erkennen Sie das?" Für einen Moment flackerte etwas in seinen Augen auf – Angst oder Zorn, sie konnte es nicht sagen. „Woher haben Sie das?", knurrte er. „Das geht Sie nichts an."

„Der Mann auf der linken Seite – das ist doch Ralf Bruns, oder?" Falks Blick verhärtete sich. „Der ist tot. Seit zwanzig Jahren." Er machte eine abwehrende Handbewegung. „Gehen Sie. Ich habe keine Lust, in alten Wunden zu stochern." Doch bevor er die Tür zuschlug, murmelte er fast unhörbar: „Manche Wahrheiten sollten im Watt bleiben, wo sie hingehören."

Marie fuhr zurück, doch ihre Gedanken rasten. Wer war dieser Ralf Bruns, und warum schien sein Name Angst auszulösen? Sie beschloss, noch einmal mit Hinnerk zu sprechen. Er wartete bereits im Hafen, als hätte er geahnt, dass sie kommen würde. „Falk redet nicht gern über die Vergangenheit", meinte er. „Damals gab es einen Unfall beim Bau des Hafens. Ein Mann starb, offiziell ein Unglück. Aber ich glaube nicht an Zufälle."

Er nahm die Dose in die Hand. „Dieser Satz – ‚Sag es niemandem. Sonst ertrinkst du.' – das klingt wie eine Drohung. Vielleicht wollte Ralf etwas aufdecken." Er sah Marie ernst an. „Wenn Sie da weitergraben, bringen Sie sich in Gefahr."

Die Warnung kam zu spät. Noch in derselben Nacht drang jemand in Maries Wohnung ein. Sie hörte ein Krachen, als die Balkontür aufgestoßen wurde. Herzklopfen. Sie griff nach der Taschenlampe und leuchtete in den Flur. Nur ein Schatten, der sich schnell bewegte. Als sie den Küchentisch erreichte, war die Dose verschwunden. Die Polizei durchkämmte die Umgebung, fand aber keine Spur des Einbrechers. Hinnerk schüttelte den Kopf. „Jemand will unbedingt verhindern, dass diese alten Geschichten ans Licht kommen." Er schwieg einen Moment. „Vielleicht sollten Sie

Borkum verlassen, bevor es schlimmer wird." Doch Marie konnte nicht. Sie hatte das Gefühl, dass die Insel ihr etwas erzählen wollte, etwas, das sie wissen musste.

Am nächsten Tag tobte ein Sturm, wie er nur an der Nordseeküste aufziehen kann. Der Himmel hing bleischwer über dem Meer, und die Wellen peitschten an die Kaimauern. Marie lief zum Hafen, getrieben von einer Ahnung. Dort sah sie Falk Peters, wie er einen Kutter belud. Als er sie bemerkte, verzog er das Gesicht. „Sie sollten nicht hier sein", rief er über den Wind hinweg. „Was ist damals passiert, Falk?" Ihre Stimme war kaum hörbar gegen das Heulen des Sturms. „Warum dieser Zettel?" Er griff sie am Arm, seine Finger kalt und hart wie Eisen. „Wenn Sie klug sind, vergessen Sie das alles. Ralf hat nicht aufgegeben, und sehen Sie, wo er gelandet ist." Mit einem Ruck ließ er sie los, stieg auf den Kutter und fuhr hinaus – hinein in die graue Wand aus Wind und Gischt.

Später am Abend kam Hinnerk zurück. Er wirkte angespannt. „Falks Boot ist gekentert. Sie suchen ihn, aber die Chancen stehen schlecht." Marie schluckte. Der Wind zerrte an den Fenstern, als wollte er die Wahrheit erzwingen. „Wir müssen herausfinden, was er uns verschweigen wollte", sagte sie leise.

Hinnerk nickte. „Ich kenne jemanden, der damals im Hafenbüro gearbeitet hat. Eine Frau namens Alida. Vielleicht weiß sie mehr." Alida wohnte in einem kleinen Backsteinhaus, eingerahmt von knorrigen Rosenbüschen. Sie war eine Frau mit schneeweißem Haar und einer Stimme wie altes Pergament. „Ralf Bruns war kein schlechter Mensch", begann sie, nachdem Hinnerk das Foto auf den Tisch gelegt hatte. „Aber er wusste zu viel. Beim Bau des Hafens wurden Giftstoffe verklappt, billig und heimlich. Ralf wollte reden. Ein paar Männer, darunter Falk, haben ihn davon abhalten wollen. Aber er war stur." Ihre Augen glänzten feucht. „Dann war er eines Nachts verschwunden. Man hat nie eine Leiche gefunden."

Marie hörte gebannt zu. „Und die Dose?"
„Die gehörte Ralf. Vielleicht wollte er uns etwas hinterlassen." Als sie das Haus verließen, färbte die Abenddämmerung den Himmel violett. Hinnerk sah nachdenklich aus. „Wenn das stimmt, war Ralfs Tod kein Unfall. Jemand hat ihn zum Schweigen gebracht – und jetzt ist Falk ebenfalls tot."

„Oder er versteckt sich", entgegnete Marie. „Vielleicht lebt er noch."

„Vielleicht", sagte Hinnerk, aber seine Stimme klang zweifelnd. Die Geschichte erreichte ihren Höhepunkt in der Nacht, als der Sturm sich legte. Marie wachte auf, weil sie ein Geräusch hörte – ein dumpfes Klopfen, wie von einer Hand gegen Glas. Sie stand auf, trat ans Fenster. Unten auf dem Hof stand jemand. Nass, mit zerfetzter Jacke, die Augen weit aufgerissen. Falk Peters. Er lebte.

„Er kommt", flüsterte er. „Der, der uns alle zum Schweigen bringen wollte. Es war nie vorbei. Ralf wollte ihn verraten, und jetzt jagt er mich." Marie öffnete die Tür, zog ihn herein. Doch bevor sie ihn etwas fragen konnte, sackte er zusammen, bewusstlos.

Hinnerk kam kurz darauf. Sie legten Falk auf das Sofa, versuchten, ihn zu wecken. Er murmelte wirre Worte von „Gift im Beton" und „Schuld". Dann öffnete er die Augen, blickte direkt in Hinnerks Gesicht. „Es war Hansen. Der Bauunternehmer. Er hat uns bezahlt, damit wir nichts sagen. Ralf wollte nicht. Er hat… er hat ihn mit eigenen Händen…" Falk brach ab, Tränen liefen ihm über die Wangen. Hinnerk zog sein Handy hervor. „Das reicht. Wir holen ihn." Der Showdown fand im alten Hafenschuppen statt, wo alles begonnen hatte. Hansen versuchte zu fliehen, doch der nasse Boden verriet ihn. Hinnerk stellte ihn, während Marie stumm daneben stand, die Hände zu Fäusten geballt. „Ralf ist tot wegen dir", sagte Hinnerk mit ruhiger Stimme. Hansen schwieg. Nur sein Blick flackerte, als wüsste er, dass sein Schweigen ihn nicht mehr retten konnte.

15

FLÜSTERN IM DÜNENGRAS

Das Dünengras bewegte sich im Wind, als würde die Nordsee selbst Atem holen. Der Himmel über der Küste spannte sich wie eine graue Leinwand, von der hin und wieder ein kühler Regenschleier fiel. Maren stand am Rand des Strandes und sog den salzigen Duft ein, der wie eine Erinnerung an Kindertage wirkte. Sie hatte die letzten Jahre in Hamburg gelebt, weit entfernt von diesem Ort, doch nun war sie zurück – zurück in einem Dorf, das sie nur zu gut kannte und das gleichzeitig unendlich fremd wirkte.

Die Pension ihrer Großtante am Rande der Dünen brauchte dringend Hilfe, und Maren hatte sich kurzerhand bereit erklärt, für ein paar Monate auszuhelfen. „Es wird dir guttun, Kind," hatte die alte Frau am Telefon gesagt. „Hier ist es still. Hier hörst du wieder, was wichtig ist." Maren hatte genickt, obwohl niemand sie sehen konnte. Sie wusste, dass in dieser Stille oft mehr lag, als man auf Anhieb ertragen konnte.

Als sie an diesem Nachmittag das schmale Holzdeck zur Pension hochging, blieb sie abrupt stehen. Vor der Haustür lag etwas im feuchten Sand – ein Lederschuh, halb von der Flutwasserlinie überrollt. Der Schuh war alt, die Sohle abgenutzt, und er wirkte, als hätte ihn jemand hastig zurückgelassen. Maren hob ihn auf und drehte ihn in den Händen. Kein Mensch war zu sehen. Ein Schauder kroch ihr über den Rücken, als sie den Blick in die Dünen richtete, deren Schatten im diffusen Licht länger wirkten, als sie sollten.

Innen in der Pension war es warm. Der Duft von Sanddorntee und frischem Gebäck hing in der Luft. „Du siehst aus, als hättest du einen Geist gesehen," stellte Großtante Inga fest, während sie zwei Teller auf den Tisch stellte. Maren erzählte von dem Schuh. Inga schürzte die Lippen und meinte nach kurzem Zögern, dass er wohl von einem der Fischer stammen könnte. „Manchmal verlieren die Kerle ihre Sachen, wenn sie nachts am Strand sind. Du weißt ja, die trinken auch mal mehr, als sie sollten." Doch ihre Stimme klang nicht überzeugend.

Noch bevor die Dunkelheit die Küste vollends verschluckte, beschloss Maren, ein Stück den Strand hinunterzugehen. Der Wind hatte aufgefrischt, trieb Wolken wie zerrissene Fetzen über den Himmel. In der Ferne sah sie eine Gestalt am Wasser stehen. Der Mann – das konnte sie jetzt erkennen – trug einen dicken Ölzeugmantel und wirkte, als würde er mit den Wellen reden. Vorsichtig näherte sie sich, ihre Schritte versanken im feuchten Sand. Doch als sie nur noch wenige Meter entfernt war, wandte sich der Fremde abrupt ab und verschwand zwischen den Dünen. Was blieb, war das Geräusch der See, ein gleichmäßiges Rauschen, das alles andere verschluckte.

Zurück in der Pension schlief Maren unruhig. Sie träumte von Wasser, das an ihr zog, sie hinunterdrücken wollte, während eine Stimme etwas flüsterte, das sie nicht verstand. Am nächsten Morgen weckte sie das ferne Heulen einer Sirene. Inga stand bereits am Fenster. „Sie haben etwas gefunden," murmelte sie und deutete in Richtung Hafen. Maren spürte, wie ihr Herz schneller schlug. Noch ehe sie wusste, was sie tat, zog sie eine Jacke über und lief los.

Die Polizei hatte den Bereich um einen kleinen Bootsschuppen abgesperrt. Ein alter Mann stand abseits und redete mit zwei Beamten, die seine Worte in ein Notizbuch kritzelten. Maren erkannte den Fischer Paulsen, der seit Jahrzehnten hier lebte. Er war bleich, sein Bart nass vom Nebel. „Ein Toter," hörte sie ihn sagen, als sie sich unauffällig näherte. „Im Schuppen, zwischen den Netzen. Ich wollte nur meine Reusen holen ... und dann lag er da." Die Worte ließen Marens Nackenhaare aufstehen.

Kommissar Torben Wriedt, der für die Region zuständig war, trat aus dem Schuppen. Er war ein großer Mann mit wettergegerbtem Gesicht, dessen Augen kaum etwas entging. „Bitte gehen Sie zurück zur Pension," sagte er, als er Maren bemerkte. Doch sie blieb stehen, erzählte von dem Schuh und dem Mann im Ölzeug, den sie gesehen hatte. Torben runzelte die Stirn. „Ein Mann im Ölzeug?" fragte er langsam. „Das ist interessant. Es gibt kaum noch Fischer, die solche Jacken tragen."

Später, als sie mit Inga beim Abendbrot saß, konnte Maren den Fund nicht aus dem Kopf verdrängen. „Wer könnte das gewesen sein?" fragte sie, während der Sturm draußen gegen die Fenster peitschte. Inga zuckte die Schultern, doch ihre Augen verrieten, dass sie etwas wusste. „Hier verschwinden Dinge nicht einfach so. Und Menschen auch nicht," murmelte sie schließlich, bevor sie die Teekanne nachfüllte.

Die folgenden Tage waren von einer gespannten Atmosphäre erfüllt. Torben kam mehrmals vorbei, um Maren zu befragen. Dabei wirkte er nicht nur wie ein Ermittler, sondern auch wie jemand, der sie genau musterte, als wolle er ihre Gedanken lesen. „Sie sind sicher, dass Sie den Mann nicht kennen?" fragte er einmal, als sie gemeinsam am Deich standen. Maren schüttelte den Kopf, während ihr Blick über die graue Wasserfläche wanderte. „Nein, aber es fühlte sich an, als hätte er mich beobachtet." Torben nickte knapp, ohne etwas zu sagen.

Eines Abends fand Maren im Geräteschuppen der Pension eine alte Metallkiste, halb unter einem Stapel Netze verborgen. Neugierig öffnete sie den rostigen Deckel. Darin lag ein zerknittertes Foto: Drei Männer auf einem Kutter, lachend, ein Bier in der Hand. Einer von ihnen war eindeutig der Tote aus dem Bootsschuppen. Die anderen beiden kannte sie nicht. Unter dem Foto war eine eingeritzte Nachricht zu erkennen: „Das Meer vergisst nicht." Maren hielt den Atem an.

Als Torben am nächsten Tag erneut auftauchte, erzählte sie ihm von dem Fund. Er nahm das Foto in die Hand, sein Blick verhärtete sich. „Das war vor zwanzig Jahren," murmelte er. „Damals gab es einen Unfall. Ein Fischer ist über Bord gegangen. Man hat nie erfahren, ob es ein Unglück oder etwas anderes war. Die Männer auf dem Foto standen alle unter Verdacht, aber es wurde nie etwas bewiesen." Seine Worte klangen wie aus einer anderen Zeit, voller Schatten und nicht ausgesprochenen Wahrheiten.

In der Nacht hörte Maren wieder Schritte draußen vor der Pension. Diesmal griff sie sofort zur Taschenlampe und trat hinaus. Zwischen den Dünen bewegte sich etwas. Ein Lichtblitz, als würde jemand mit einem Messer das Mondlicht einfangen. Sie ging näher, das Herz schlug ihr bis zum Hals. Doch da war niemand mehr. Nur das Rascheln des Dünengrases im Wind und ein Gefühl, beobachtet zu werden.

Am Morgen erzählte sie Torben von der nächtlichen Begegnung. Er wirkte besorgt, als er vorschlug, dass sie vorerst nicht allein am Strand entlanggehen sollte. „Hier sind alte Rechnungen offen," meinte er. „Und ich habe das Gefühl, dass du jetzt mittendrin stehst." Er erzählte ihr von Ralf Sörensen, dem Toten. „Er hat in den letzten Wochen mehrfach erwähnt, dass jemand ihm etwas heimzahlen wollte. Vielleicht hat er zu viel geredet."

Es war ein grauer Tag, als Maren beschloss, den Schuppen selbst noch einmal aufzusuchen. Die Polizei hatte die Absperrung inzwischen entfernt. Das Holz der Tür fühlte sich kalt an, und im Inneren hing der Geruch von Salz, Öl und altem Fisch. Zwischen den Netzen entdeckte sie ein weiteres Detail, das niemand bemerkt hatte: Ein kleines, eingeritztes Symbol im Balken – ein Kreis, durchzogen von einer Linie. Sie machte ein Foto mit ihrem Handy und zeigte es später Torben. Er runzelte die Stirn. „Das ist das Zeichen einer alten Fischergilde. Die gibt es schon lange nicht mehr. Aber damals, als der Unfall passierte, war sie noch aktiv."

Die Wahrheit kam in Bruchstücken ans Licht. Torben fand heraus, dass Ralf Sörensen einst Teil einer Schmuggelaktion gewesen war. Teure Elektronik, heimlich an der Küste angelandet, um Steuern zu umgehen. Ein Streit um die Beute hatte vor Jahren ein Leben gekostet, und Ralf hatte damit gedroht, zu reden. Jemand wollte verhindern, dass er die alten Geheimnisse ausgräbt.

Maren konnte kaum glauben, wie eng ihr Schicksal plötzlich mit diesem Ort verwoben war. Sie wollte nur helfen, die Pension am Laufen zu halten, und nun stand sie zwischen einer Vergangenheit, die wie ein Stachel unter der Haut steckte, und einer Wahrheit, die nicht ans Licht wollte.

Als die Flut an diesem Abend besonders hoch kam, stand sie lange am Deich und beobachtete, wie die Wellen gegen die Steine schlugen. Das Meer wirkte unruhig, fast so, als wollte es die Geheimnisse, die in seinen Tiefen lagen, nicht länger bewahren. Neben ihr trat Torben, ohne ein Wort zu sagen. Sie spürte seine Präsenz, fest wie der Boden unter ihren Füßen. „Manchmal," sagte er leise, „muss man die Vergangenheit loslassen, bevor sie einen auffrisst."

Maren nickte, obwohl sie wusste, dass dieser Ort noch lange nicht zur Ruhe kommen würde. In der Ferne schrie eine Möwe, und der Wind trug den Klang über die Dünen, als sei es ein letztes Echo einer Geschichte, die noch nicht zu Ende erzählt war.

16

NEBEL ÜBER DER HALLIG

Das Watt lag wie ein atmender Organismus vor ihr, von Prielen durchzogen, die sich im ersten Licht des Tages silbrig glänzend ausbreiteten. Der Sturm der letzten Nacht hatte tiefe Spuren hinterlassen, kleine Rillen und Wassergräben, die das Watt wie ein unruhiges Gesicht wirken ließen. Fenja Carstens zog den Kapuzenmantel enger und lauschte einen Moment dem Gurgeln der kleinen Wasseradern. Es war das Geräusch, das sie seit ihrer Kindheit begleitete und das sie sonst beruhigte. Doch an diesem Morgen klang es, als würde die Nordsee ihr etwas zuflüstern, etwas, das sie nicht verstand und das sie frösteln ließ.

Sie war seit zwei Tagen auf der Hallig. Eigentlich wollte sie nur kurz bleiben, um das Erbe ihres Onkels anzutreten – ein kleines Haus auf einer Warft, das leer stand, seit er vor drei Monaten unter mysteriösen Umständen verschwunden war. Man hatte ihn nicht gefunden, nicht einmal seine Jacke oder ein abgerissenes Stück seines alten Öljäckchens, das er immer trug. Die Inselpolizei hatte die Suche irgendwann eingestellt, wie sie es hier oben immer taten, wenn das Meer jemanden genommen hatte. „Es frisst seine Opfer und gibt sie nicht mehr her", hatte eine alte Frau ihr am ersten Abend erzählt. Fenja hatte nur genickt, doch die Worte brannten noch immer in ihrem Kopf.

Als sie die schwere Holztür des Hauses öffnete, kam ihr der Geruch von Salz, altem Holz und abgestandener Luft entgegen. Im Wohnzimmer lag ein dünner Film aus Staub, als wäre das Haus mit ihrem Onkel gestorben. Auf dem Tisch lag ein Notizbuch. Sie setzte sich, wischte mit der Hand darüber und las die krakeligen Einträge. Einer davon stach hervor: „Wenn der Sturm kommt, hört man die Stimmen. Dann weiß man, dass etwas unter dem Schlick schläft." Fenja schloss das Buch, ihre Hände zitterten. Was hatte er damit gemeint?

Am Nachmittag, während der Wind erneut auffrischte, machte sie sich auf den Weg zur kleinen Fischerhütte am Rand der Hallig, die ihr Onkel oft besucht hatte. Die Holzplanken des Steges waren nass und glatt, die Taue knackten in der Böe. Vor der Hütte stand ein Mann, dessen Gesicht so wettergegerbt war wie die Planken unter ihren Füßen. „Sie sind Fenja, oder?" Seine Stimme war rau, aber nicht unfreundlich. „Ich hab Ihren Onkel gut gekannt. Er war ein guter Mann, aber er hat zu viel nachgefragt."

Fenja zog die Stirn kraus. „Nachgefragt? Worum ging es?"

„Alte Geschichten, die man besser ruhen lässt." Der Fischer, der sich als Tjark vorstellte, schob seine Mütze nach hinten. „Er war oft draußen im Watt, viel zu oft allein. Manchmal mitten in der Nacht. Er sagte, er suche etwas. Ein Wrack vielleicht, oder alte Kisten. Aber ich glaube, er suchte nach Antworten auf Fragen, die sich hier niemand mehr zu stellen traut."

Fenja fragte nicht weiter. Etwas in Tjarks Stimme ließ sie ahnen, dass es klüger war zu schweigen. Der Mann schien mehr zu wissen, doch er schloss seine Worte ab wie Türen, die er nicht öffnen wollte.

In der folgenden Nacht schlief Fenja kaum. Der Sturm rüttelte am Reetdach, der Wind jaulte wie ein Tier, das durch die Gassen der Warft kroch. Irgendwann hörte sie ein Geräusch, das nicht vom Sturm kam – ein leises Knirschen, als würde jemand über die Muscheln vor dem Haus laufen. Sie griff nach der Taschenlampe und trat ans Fenster. Für einen Moment sah sie eine dunkle Gestalt am Rande des Deiches stehen, unbeweglich wie ein Schatten. Sie wollte die Tür öffnen, doch als sie nach draußen trat, war die Gestalt verschwunden. Nur der Wind blieb, der ihr das Haar ins Gesicht peitschte.

Am Morgen suchte sie Tjark erneut auf. „Gestern Nacht war jemand vor meinem Haus. Wissen Sie etwas davon?" Er wich ihrem Blick aus. „Es sind unruhige Zeiten. Wenn der Wind dreht, werden die Geister wach. Manchmal sind es aber keine Geister, sondern Menschen, die sich benehmen, als wären sie welche."

Fenja spürte, wie ihre Geduld nachließ. „Mein Onkel ist nicht einfach verschwunden. Jemand weiß, was passiert ist. Vielleicht Sie."

Tjark schwieg einen langen Moment. Dann nahm er eine Pfeife aus der Tasche, stopfte sie bedächtig und zündete sie an. „Hören Sie", begann er schließlich, „es gibt Geschichten von alten Munitionskisten, die draußen im Watt liegen, aus Kriegszeiten. Manche sagen, da wären noch Dinge drin, die besser unter dem Schlick blieben. Ihr Onkel hat nach diesen Kisten gesucht. Vielleicht hat er etwas gefunden, das andere nicht ans Licht kommen lassen wollten."

Fenja beschloss, selbst zu suchen. Am späten Nachmittag, als die Flut sich zurückzog, zog sie die schweren Gummistiefel an und folgte den Prielen hinaus ins Watt. Der Himmel war bleigrau, Möwen kreischten, und die Luft roch nach Salz und Metall. Nach einer Stunde entdeckte sie etwas, das aus dem Schlick ragte – eine Ecke von Holz, verwittert und halb zerfallen. Sie grub vorsichtig weiter, bis eine alte Kiste zum Vorschein kam, mit rostigen Eisenbeschlägen. Das Schloss war offen. Drinnen lagen verrostete Werkzeuge, eine zerbrochene Taschenuhr und ein Bündel vergilbter Fotos. Auf einem der Fotos erkannte sie ihren Onkel, deutlich jünger, neben zwei Männern, die sie nicht kannte.

Bevor sie das Bild länger betrachten konnte, hörte sie Schritte hinter sich. „Ich hab Ihnen gesagt, Sie sollen sich raushalten." Tjarks Stimme klang jetzt hart. Er stand keine zwei Meter entfernt, die Hände tief in den Taschen seines Ölzeugs vergraben.

„Was ist hier draußen passiert?" Fenja stellte sich ihm entgegen, das Foto fest umklammert. Er trat einen Schritt näher, sein Blick war dunkel. „Ihr Onkel wusste zu viel. Wenn Sie nicht wollen, dass Ihnen das Gleiche passiert, gehen Sie zurück ins Dorf."

In der Nacht tobte der Sturm stärker als je zuvor. Fenja saß am Fenster, das Notizbuch ihres Onkels aufgeschlagen. Ein Satz fiel ihr ins Auge, den sie zuvor überlesen hatte: „Tjark weiß, was unter dem Deich begraben liegt. Er wird nicht reden. Aber vielleicht wird er handeln." Ihr Herz klopfte, während sie die Worte las. Hatte Tjark ihren Onkel getötet?

Am nächsten Morgen wandte sie sich an Kommissar Riewerts, den einzigen Polizisten auf der Hallig. Er hörte sich ihre Geschichte an, runzelte jedoch die Stirn. „Tjark Behrensen ist ein alter Dickschädel, aber ein Mörder? Ich weiß nicht."

„Und wenn er meinen Onkel einfach im Watt hat liegen lassen?" Fenjas Stimme zitterte. „Wenn er etwas vertuschen wollte?"

Riewerts schwieg einen Moment. Dann stand er auf, zog seine Jacke an und sagte: „Wir sehen uns die Stelle gemeinsam an."

Als sie die Kiste fanden, war sie leer. Keine Fotos, keine Uhr. Nur noch Schlamm und Wasser, das langsam hineinsickerte. Fenja wusste sofort, dass jemand hier gewesen war. Riewerts sah sie nur nachdenklich an. „Wir müssen Tjark befragen."

Die Befragung brachte zunächst nichts. Tjark schwieg, zog nur langsam an seiner Pfeife und starrte auf einen unsichtbaren Punkt an der Wand. Doch als Fenja das Foto auf den Tisch legte, das sie in ihrer Jackentasche versteckt hatte, zuckte er zusammen. „Wo haben Sie das her?"

„Von der Kiste. Und wenn Sie nicht reden, erzähle ich der Polizei alles, was Sie mir angedeutet haben."

Es dauerte Stunden, bis Tjark brach. Die Wahrheit kam in brüchigen Sätzen, als würde er sich von jedem Wort trennen müssen. Vor zwanzig Jahren war ein Unfall passiert. Eine Ladung alter Munition war gefunden worden, aber statt sie zu melden, hatten sie versucht, das Metall zu verkaufen. Es war schiefgegangen, eine Explosion hatte einen Mann getötet. Ihr Onkel war der Einzige gewesen, der später noch darüber reden wollte. „Er hat gesagt, er will die Wahrheit sagen. Ich wollte ihn nur aufhalten. Aber ich habe ihm nichts getan, ich schwöre."

Fenja glaubte ihm nicht ganz, doch Beweise gab es keine.

Zwei Tage später, als die Sonne sich wieder über die Hallig wagte, stand Fenja am Rand des Deichs. Das Watt lag ruhig, als wäre nichts geschehen. Doch in ihrem Innern wusste sie, dass die Geschichte nicht vorbei war. Zu viele Fragen blieben offen – wer die Fotos genommen hatte, was wirklich in jener Nacht geschehen war, und ob ihr Onkel jemals wieder auftauchen würde.

Als der Wind auffrischte, glaubte sie für einen Moment, eine Stimme zu hören, tief aus dem Schlick. Sie schloss die Augen, und für einen winzigen Augenblick fühlte es sich an, als sei ihr Onkel noch da, irgendwo zwischen den Prielen und den ungeschriebenen Geschichten des Watts.

17

DIE LETZTE FÄHRE

Die Fähre legte schwerfällig vom Kai ab, das Wasser schäumte unter der Schraube auf, während sich ein dünner Regenvorhang über den Hafen legte. Marit Henningsen stand an der Reling, der Kragen ihrer Wachstuchjacke hochgeschlagen, und blickte hinaus auf das graugrüne Meer. Es war die letzte Überfahrt des Tages nach Langenhörn, jener kleinen Insel, die kaum jemand kannte. Marit kannte sie gut – zu gut. Seit sieben Jahren hatte sie keinen Fuß mehr auf diese Hallig gesetzt, und dennoch war es, als habe die Insel sie nie ganz losgelassen.

Im Inneren der Fähre roch es nach Diesel, nasser Kleidung und kaltem Kaffee. Ein paar Fischer saßen an einem der Tische und spielten Karten, eine Gruppe Touristen hielt sich an Thermoskannen fest, als müssten sie sich gegen die schaukelnden Wellen stemmen. Marit nahm Platz in einer Ecke, doch die Unruhe in ihr ließ sie nicht stillsitzen. Ihre Hand strich über die alte Ledertasche, die auf ihrem Schoß lag, als wäre darin etwas Zerbrechliches. Darin lag ein Brief, den sie vor zwei Tagen erhalten hatte. Kein Absender, nur wenige Worte: „Komm zurück. Es geht um deinen Bruder."

Seit Jahren hatte niemand auf Langenhörn mehr über Erik gesprochen. Der Tag, an dem er verschwand, war noch immer wie ein unsichtbarer Schnitt durch Marits Leben. Ein Boot war gekentert, hieß es. Ein Unfall im dichten Nebel. Man fand das Wrack, man fand seine Jacke. Aber man fand nie ihn. Marit war damals Hals über Kopf von der Insel gegangen, hatte alles zurückgelassen – das Haus der Eltern, ihre Arbeit, ihr altes Leben. Und nun dieser Brief, der wie ein alter Nagel in einer vernarbten Wunde steckte. Als die Fähre in den kleinen Hafen einlief, empfing sie das Geräusch der Möwen, das metallische Kreischen der Leinen und den Geruch von Tang. Nichts hatte sich verändert. Die Häuser standen wie stumme Wächter hinter dem Deich, die Fenster klein und dunkel, als hielten sie die Stürme der letzten Jahrzehnte in sich gefangen. Marit atmete tief ein, spürte die salzige Luft in der Lunge, und zum ersten Mal seit langer Zeit fragte sie sich, ob sie je hätte fortgehen sollen.

Sie brachte ihr Gepäck in das alte Elternhaus, das verlassen wirkte, seit die Fensterläden geschlossen waren. Die Schlüssel hatte sie von der Nachbarin, Frau Tiede, bekommen, die sie mit einem prüfenden Blick empfangen hatte. „Deine Mutter hätte sich gefreut, dass du kommst", hatte sie nur gesagt. Kein Wort zu Erik, kein Wort zu dem Brief. Marit ließ ihre Tasche im Flur stehen und ging durch die Räume. Alles war noch da – die Porzellanteller mit den blauen Möwen, das abgegriffene Ledersofa, die Uhr mit dem Riss im Zifferblatt, die ihr Vater nie repariert hatte. Doch der Geruch war anders. Es roch nach Staub, nach Abwesenheit, nach Zeit, die stillstand.

In der Küche setzte sie sich an den alten Holztisch, zog den Brief aus der Tasche und las ihn zum dritten Mal. Die Handschrift war unbeholfen, beinahe kindlich. „Komm zurück. Es geht um deinen Bruder." Kein Name, kein Hinweis. Nur diese Worte, die wie ein Rätsel in der Luft hingen. Sie erinnerte sich an die Nacht, in der er verschwand. Der Nebel war so dicht gewesen, dass selbst der Leuchtturm nur als fahler Schatten zu sehen war. Erik wollte raus aufs Wasser, trotz des Wetters. Er hatte gesagt, er müsse „etwas holen". Sie hatte ihn ausgelacht. Was sollte schon so wichtig sein, dass man dafür in die Dunkelheit hinausfuhr? Es war das letzte Mal, dass sie ihn sah.

Am nächsten Tag ging sie ins Dorf. Die Straßen waren leer, nur ein paar alte Männer lehnten vor der Fischerhütte und rauchten. Als sie an ihnen vorbeiging, verstummten ihre Gespräche. Einer von ihnen, ein wettergegerbter Kerl mit gelber Ölzeugjacke, nickte ihr knapp zu. „Marit", sagte er, als hätten sie sich erst gestern gesehen. Es war Joost, ein alter Freund ihres Bruders. „Lange nicht hier gewesen." Sie blieb stehen. „Weißt du etwas von Erik?" Joosts Blick glitt kurz zum Boden. „Man sagt viel. Zu viel. Komm lieber nicht auf dumme Ideen." Dann wandte er sich wieder den anderen zu, und das Gespräch begann erneut, als wäre sie nie da gewesen.

Im Dorfladen hörte sie, wie zwei Frauen tuschelten. „Hast du gehört, dass jemand nachts am Norddeich unterwegs war? Lichtsignale." – „Seit die Boje ausgetauscht wurde, ist da niemand mehr draußen. Vielleicht ein Fremder." – „Oder jemand, der nicht gefunden werden will." Marit tat so, als interessiere sie das Gespräch nicht, doch die Worte brannten sich in ihr Gedächtnis. Lichtsignale am Norddeich. War das ein Hinweis? Ein Rest von Hoffnung keimte in ihr auf.

Die Nacht brach früh herein, der Himmel hing schwer über der Hallig. Marit stand am Fenster und sah hinaus. Ein Sturm kündigte sich an, der Wind jaulte wie ein altes Seil im Wind. Plötzlich flackerte etwas im Norden, ein kurzes Licht, dann noch eines. Es war kein Leuchtturm, kein Fischerboot. Es wirkte, als sei es ein Zeichen. Ihr Herz begann schneller zu schlagen. Ohne lange zu überlegen, zog sie ihre Stiefel an, griff nach der Taschenlampe und machte sich auf den Weg.

Der Deichweg war rutschig, das Gras nass vom Regen. Überall hörte sie das leise Schlürfen des Schlicks, wenn ihre Stiefel einsanken. Sie hatte das Gefühl, beobachtet zu werden. Mehr als einmal blieb sie stehen und lauschte. Aber es war nur der Wind, der die Schilfbüschel zum Wispern brachte.

Als sie den Norddeich erreichte, war es dunkel. Nur das Schlagen der Wellen gegen die Steine und das Quieken der Möwen war zu hören. Wieder flackerte das Licht, diesmal näher, wie ein Morsezeichen. Sie folgte ihm, stolperte beinahe über eine lose Planke und riss die Taschenlampe hoch.

Vor ihr stand ein Mann, eingefallen, das Gesicht von Salz und Wetter gezeichnet. Ein Bart, der wie ein graues Netz sein Kinn bedeckte. Seine Augen – sie erkannte sie sofort. „Erik?" Das Wort kam kaum über ihre Lippen. Der Mann nickte langsam. „Du bist gekommen."

Sie wollte ihn umarmen, doch er wich zurück, als fürchte er ihre Berührung. „Wie… wie bist du hier? Alle dachten, du wärst tot." Er sah auf das Meer hinaus, als wäre dort die Antwort. „Ich musste verschwinden. Es war nicht sicher hier."

„Nicht sicher?" Sie trat einen Schritt näher. „Was ist damals passiert?"

Er drehte sich zu ihr, und in seinen Augen lag etwas Dunkles, das sie nie zuvor gesehen hatte. „Ich habe etwas gesehen, Marit. Etwas, das ich nicht sehen sollte. Sie haben den alten Frachter gesprengt, erinnerst du dich? Damals, vor dem Hafenbau. Aber nicht alles ist gesunken. Es gab Kisten. Ich habe gesehen, was drin war. Waffen, Munition… Dinge, die hier niemand haben sollte. Ich wollte es der Polizei sagen. Dann kam die Nacht des Nebels."

Marit spürte, wie sich ihr Magen verkrampfte. „Du bist abgetaucht? All die Jahre?"

„Es war der einzige Weg, am Leben zu bleiben. Sie haben mich gesucht. Vielleicht suchen sie immer noch."

Sie spürte plötzlich, dass sie nicht allein waren. Aus der Dunkelheit kam das Knirschen von Schritten. Erik packte sie am Arm. „Lauf!" Er zog sie den Deich hinunter, hinein ins Watt, wo das Wasser bereits zurückströmte. Hinter ihnen tauchte ein Lichtkegel auf, Stimmen drangen durch den Sturm. Jemand rief etwas, das sie nicht verstand.

Das Wasser reichte ihnen bald bis zu den Knien. Marit keuchte, das Herz hämmerte, als sie sich durch den Schlick kämpfte. Erik kannte den Weg, führte sie zu einer kleinen Warft, einer alten Fischerhütte, die halb verfallen war. „Hier bleiben wir", sagte er knapp und zog die Tür zu.

Im Innern roch es nach feuchtem Holz und altem Tang. Marit sank auf eine Bank. „Erik, wer sind diese Leute?"

Er sah sie an, als könne er die richtige Antwort nicht finden. „Menschen, die bereit sind, für Geld und Schweigen über Leichen zu gehen. Es sind nicht nur Fischer. Manche haben mehr mit der Nordsee verdient, als ihnen lieb ist."

Die Nacht zog sich wie eine endlose Flut hin. Marit hörte jeden Laut draußen, das Rauschen des Windes, das Schlagen der Wellen, das Knacken der Hütte. Erik sprach kaum, nur einmal sagte er: „Wenn ich morgen verschwinde, such nicht nach mir. Manche Dinge müssen im Dunkeln bleiben."

Doch am Morgen war er weg. Die Tür stand offen, und seine Spuren führten hinaus ins Watt. Marit folgte ihnen so weit sie konnte, bis der Schlick ihre Stiefel fesselte. In der Ferne hörte sie ein Motorengeräusch, dann war es still.

Sie kehrte zurück ins Dorf, der Brief noch immer in der Tasche, schwer wie eine Botschaft, die man nicht entschlüsseln kann. Niemand sprach sie an, niemand fragte, warum sie völlig durchnässt zurückkam. Langenhörn schwieg, wie es immer geschwiegen hatte.

Am Abend, als die Sonne wie eine blutrote Scheibe im Meer versank, stand Marit am Deich. Sie wusste nicht, ob sie ihren Bruder jemals wiedersehen würde. Aber in der Ferne, weit draußen, blitzte ein Licht auf – zweimal kurz, einmal lang. Sie verstand das Zeichen, ohne es gelernt zu haben. Und zum ersten Mal seit Jahren fühlte sie, dass er noch lebte.

18

DAS SCHWEI-GEN DER ALTEN MÜHLE

Die Mühle von Wremerhaven stand einsam auf einem Hügel, umgeben von kahlen Weiden, die sich bis zum Deich zogen. Der Herbstwind peitschte über die Felder, trieb feinen Regen vor sich her, und das klappernde Holzgerüst der Mühle knarrte, als wolle es etwas sagen, das niemand hören durfte. Karla Bredow blieb am Fuß des Hügels stehen, zog den Mantel enger und starrte hinauf zu den dunklen Flügeln, die sich kaum bewegten. Vor drei Tagen war hier ein Mann tot aufgefunden worden – der alte Müller Jensen, ein Eigenbrötler, der seit Jahrzehnten allein lebte. Die Polizei hatte es als Unfall abgetan, doch Karla glaubte kein Wort davon. Es war nicht das erste Mal, dass an diesem Ort etwas Seltsames geschah.

Die Tür zur Mühle stand halb offen, als würde sie sie erwarten. Ein scharfer Geruch nach verbranntem Öl und feuchtem Holz schlug ihr entgegen, als sie eintrat. Drinnen war es dunkel, nur das fahle Licht des Nachmittags drang durch die schmalen Fenster. Der Boden knarrte unter ihren Schritten. Hier hatte Jensen gearbeitet, bis zuletzt. Die Mühlsteine standen still, eine dünne Staubschicht hatte sich darauf gelegt, und in einer Ecke lag ein umgestürzter Stuhl. Karla trat näher und bemerkte dunkle Spuren auf dem Holz, fast wie verschmierter Ruß – oder Blut.

Sie zog das Handy hervor und machte ein Foto. Ihr Bruder Hauke, Kommissar in Bremerhaven, hatte sie gewarnt: „Karla, lass die Finger von dieser Sache. Du bist Journalistin, keine Polizistin." Aber gerade das reizte sie. Die Geschichte stank nach mehr als einem Unfall. Jensen war nicht einfach gestürzt. Er war gefunden worden mit weit aufgerissenen Augen, als hätte er im letzten Moment etwas gesehen, das ihn das Fürchten lehrte.

Auf dem Heimweg kam sie an einem alten Gasthof vorbei. „Zum Deichgraf" stand in abblätternden Lettern über der Tür. Drinnen roch es nach Bier und kaltem Rauch. Karla setzte sich an den Tresen und bestellte einen Tee. Die Wirtin, eine große Frau mit grauem Dutt, musterte sie misstrauisch. „Sie sind nicht von hier." Karla nickte knapp. „Ich recherchiere über die Mühle. Jensen – Sie haben von seinem Tod gehört?" Die Wirtin verzog den Mund. „Das ganze Dorf hat davon gehört. Aber keiner wird Ihnen etwas sagen. Jensen hat zu viel gewusst."

„Zu viel?", fragte Karla. „Was meinen Sie?"

Die Wirtin lehnte sich vor. „Es gibt Geschichten. Manche sagen, er habe nachts Lichtsignale am Deich beobachtet. Andere meinen, er habe Schmuggler gesehen. Aber Jensen war keiner, der den Mund hielt. Vielleicht hat das jemandem nicht gepasst." Sie wischte mit einem Tuch über den Tresen, als wolle sie das Gespräch beenden. Karla trank ihren Tee und spürte, wie der Knoten in ihrem Bauch wuchs.

Am nächsten Morgen fuhr sie zurück zur Mühle. Der Himmel war bleigrau, und der Wind zerrte an ihren Haaren. Auf dem Hügel standen frische Reifenspuren im nassen Boden. Sie stieg aus dem Wagen, folgte den Spuren bis zur Hintertür und fand sie offen. Jemand war hier gewesen. Drinnen roch es nach kaltem Rauch, und irgendwo tropfte Wasser von einem Rohr.

Karla tastete sich die schmale Treppe zum Obergeschoss hinauf. Dort oben, unter den alten Balken, lagen Kisten mit alten Unterlagen. Sie zog eine Kiste hervor, blies den Staub weg und fand zerknitterte Notizbücher, Rechnungen und einen kleinen Schlüsselbund. An einem Schlüssel hing ein Anhänger aus Messing – darauf eingeritzt: „Nord 37".

Sie wollte das Fundstück gerade einstecken, als sie unten Schritte hörte. Schwer, langsam, fast bedrohlich. Karla hielt den Atem an. Die Tür unten knarrte, und sie hörte eine Stimme: „Wer ist da?" Sie erkannte die Stimme nicht. Mit pochendem Herzen griff sie nach einem Balken, duckte sich und wartete. Die Schritte kamen näher.

„Ich weiß, dass jemand hier ist", sagte der Mann. Er hatte einen rauen Tonfall, und die Dielen ächzten unter seinem Gewicht. Karla schob sich vorsichtig zurück, bis sie das Fenster erreichte. Es war alt, der Rahmen verzogen, aber sie schaffte es, ihn leise zu öffnen. Ein Sprung von hier oben würde schmerzen, aber es gab keine Wahl. Sie ließ sich fallen, landete im nassen Gras und rannte den Hügel hinunter, ohne sich umzudrehen.

Zurück in ihrem Wagen atmete sie tief durch. Ihr Herz raste, und der Schlüsselbund in ihrer Hand fühlte sich plötzlich an wie ein Beweisstück. Doch sie wusste nicht, was er bedeutete. „Nord 37." War es eine Koordinate? Ein Lager? Sie beschloss, zu Joost Martens zu fahren, einem Fischer, den sie von früher kannte. Er war ein Freund ihres Bruders und kannte sich mit allen Winkeln der Küste aus.

Joost saß auf der Bank vor seiner Hütte, rauchte eine Pfeife und sah sie mit schmalen Augen an. „Karla Bredow – ich hätte nicht gedacht, dass du noch mal hier auftauchst." Sie zeigte ihm den Schlüssel. „Weißt du, wofür der sein könnte?" Joost nahm ihn in die Hand, drehte ihn zwischen den Fingern. „Das ist alt. Sieht aus wie einer von den Schließfächern am alten Speicherhafen. Aber der Speicher ist seit Jahren zu. Verbotenes Gelände."

„Verboten heißt nicht unzugänglich", erwiderte Karla. „Kannst du mir helfen?"

Er zögerte, kratzte sich am Kinn. „Wenn Jensen damit zu tun hatte, dann ist es gefährlich. Aber gut. Morgen bei Ebbe. Ich bring dich hin."

Die Nacht war unruhig. Karla schlief kaum, lauschte dem Pfeifen des Windes, der gegen die Fensterläden schlug. Immer wieder dachte sie an Jensen und seine aufgerissenen Augen. Was hatte er gesehen? Am frühen Morgen zog Nebel vom Meer herauf, und die Felder lagen still wie ein vergessenes Gemälde. Joost wartete bereits mit seinem alten Pickup. „Steig ein. Wir fahren, bevor jemand merkt, wohin wir wollen."

Der Weg zum Speicherhafen war holprig. Das Gelände lag verlassen, umgeben von rostigen Zäunen und überwuchertem Gras. Joost stellte den Wagen ab. „Hier sind früher die Schmuggler angekommen. Alkohol, Diesel, alles, was man sich vorstellen kann." Sie gingen zu einer Reihe alter Container. Die Türen waren verschlossen, doch Joost fand schnell einen Weg hinein.

Hinter einer rostigen Tür entdeckten sie eine Wand voller alter Schließfächer. Karla hielt den Atem an, als sie „37" fand. Der Schlüssel passte. Das Schloss klickte leise, und die Tür sprang auf. Drinnen lag ein Bündel Papiere, sorgfältig in Öltücher gewickelt. Sie öffnete es und erstarrte. Baupläne, Lagerlisten, handschriftliche Notizen. Es ging um eine verdeckte Lieferung – Waffen, Munition, versteckt in Frachtkisten, die offiziell als „Maschinenteile" deklariert waren.

„Das erklärt einiges", murmelte Joost. „Wenn Jensen das gefunden hat, war er ein toter Mann."

Plötzlich hörten sie Schritte. Karla erstarrte. Aus dem Nebel traten zwei Gestalten, beide in dunklen Mänteln. „Da ist sie", rief eine raue Stimme. Joost packte Karla am Arm. „Lauf!" Sie rannten los, stolperten über Schrott und alte Seile, während hinter ihnen Rufe und hastige Schritte lauter wurden.

Sie erreichten den Pickup, sprangen hinein, und Joost trat das Gaspedal durch. Reifen quietschten, Kies spritzte, und der Nebel verschluckte die Verfolger. Erst als sie die Hauptstraße erreichten, wagte Karla zu atmen. „Das war knapp."

„Du spielst mit dem Feuer, Mädchen", sagte Joost ernst. „Diese Leute sind keine harmlosen Schmuggler. Das ist größer, als du denkst."

Am Abend saß Karla wieder im Gasthof „Zum Deichgraf". Die Wirtin sah sie lange an. „Sie haben was gefunden, stimmt's?" Karla schwieg. Die Frau nickte, als hätte sie die Antwort ohnehin gewusst. „Dann passen Sie gut auf sich auf. Manche Wahrheiten sind schwerer als der Sturm."

Draußen war die Nacht hereingebrochen. Der Wind hatte aufgefrischt, und der Deich lag schwarz im Mondlicht. Karla hielt den Schlüsselbund in der Hand und spürte, dass die Geschichte noch nicht zu Ende war. Irgendwo draußen, zwischen Nebel und Gezeiten, lauerte die Wahrheit – und sie würde sie finden, egal, wie tief sie im Schlick verborgen war.

20

NEBEL ÜBER DEM HAFEN

Die Sturmflut hatte die kleine Hafenstadt bereits am Vortag in Atem gehalten. Fenja Lorenzen stand am Fenster ihrer alten Backsteinwohnung und sah hinaus auf das grau-blaue Meer. Die Wellen schlugen schäumend gegen die Mole, Möwen kreischten und kämpften gegen den Wind. Der Leuchtturm am Ende der Landzunge schien trotzig zu leuchten, als wolle er der tobenden See beweisen, dass er schon schlimmere Stürme überstanden hatte. Fenja zog den Schal enger um ihren Hals, obwohl sie drinnen war. Ein merkwürdiges Frösteln kroch ihr den Rücken hinauf, eine Vorahnung, die sie nicht abschütteln konnte.

Am Abend zuvor hatte sie die Fischer vom Hafen warnen hören: „So ein Sturm bringt nie nur Wind und Regen. Der holt auch alte Geschichten wieder hoch." Fenja hatte darüber gelacht, halb belustigt, halb nervös, denn sie kannte diese nordfriesischen Sprüche. Doch nun, am Morgen danach, schien etwas tatsächlich anders zu sein.

Der Anruf kam, als sie gerade ihre Stiefel anzog. Kommissar Malte Jensen, der neue Leiter der Dienststelle, sprach mit seiner üblich rauen Stimme: „Fenja, wir haben einen Fund. Ein toter Mann, angeschwemmt bei den Salzwiesen. Wir brauchen dich sofort." Sie legte den Hörer auf und griff automatisch nach ihrer Kamera und dem Notizblock. Eigentlich war sie Journalistin, keine Ermittlerin, doch hier im Ort verwischten die Grenzen oft. Malte vertraute ihr, nicht nur wegen ihres Gespürs, sondern auch, weil sie die Menschen kannte – ihre Eigenheiten, ihre Geheimnisse.

Die Fahrt zum Fundort war beschwerlich. Der Sturm hatte tiefe Furchen in den Deichweg gerissen, Pfützen glitzerten wie kalte Augen, und der Wind riss Fenja fast die Autotür aus der Hand, als sie ausstieg. Ein paar Polizisten standen im Halbkreis um eine Plane. Malte trat ihr entgegen, der Kragen seiner Jacke hochgeschlagen, seine Haare zerzaust vom Wind. „Wir haben ihn heute früh gefunden. Ein Fischer hat die Leiche entdeckt, als er sein Netz einholen wollte." Er zog die Plane beiseite, und Fenja sog scharf die Luft ein. Der Mann war etwa Mitte fünfzig, sein Gesicht bleich, die Augen halb geöffnet. Wasser tropfte noch immer von seiner Kleidung, die wie ein grauer Schatten an ihm klebte.

„Wer ist er?", fragte Fenja leise.

„Ralf Petersen. Fischer, früher aus dem Ort. Seit ein paar Jahren lebt er mehr oder weniger auf der Straße, tingelt zwischen Emden und Husum. Aber schau dir das an." Malte hob eine kleine Metallkiste hoch, die man neben dem Toten gefunden hatte. Sie war verrostet, aber der Verschluss hielt noch. „Das hatte er bei sich. Und hier..." Er deutete auf den Oberarm des Toten, wo eine frische, tiefe Schramme zu sehen war. „Das ist kein Unfall. Da steckt mehr dahinter."

Fenja betrachtete die Kiste, dann den Körper. Sie fühlte, wie ihr Herz schneller schlug. Ralf Petersen war ein Name, der in diesem Ort Erinnerungen weckte. Vor zehn Jahren war sein Bruder Hinnerk unter mysteriösen Umständen bei einem Sturm verschwunden, und die Petersen-Familie hatte seitdem kaum ein Wort mit den anderen Fischern gewechselt. Fenja war sicher, dass dieser Tod kein Zufall war.

Noch während sie ihre Gedanken sammelte, kam ein älterer Mann auf sie zu, der Kapitän Jörg Thomsen, ein Veteran des Hafens, der alles und jeden kannte. „Ich hab Ralf gestern Abend gesehen", sagte er, ohne große Umschweife. „Er stand am Kai und hat mit sich selbst geredet. Hatte ‚ne Flasche Korn in der Hand. Aber er hat auch was gesagt, von wegen ‚die Wahrheit kommt ans Licht'. Klingt verrückt, oder?"

Fenja notierte jedes Wort. In ihrem Kopf formte sich ein Bild, das aber noch verschwommen war. Ein Mann, der von Wahrheit spricht, eine Kiste, die er wie einen Schatz bewahrt, und dann der Tod im Sturm. Sie nahm sich vor, mehr über diese Kiste herauszufinden.

Als sie später in ihrer Wohnung die Fotos sic[illegible] nicht aufhören, an Ralfs Gesicht zu denken. Da war etw[illegible] Augen, selbst im Tod. Ein Ausdruck von Angst und Entschlo[illegible]heit zugleich. Sie nahm die Kamera, zoomte auf die Details, und entdeckte auf seiner Jacke einen Fleck, der nicht von Schlamm stammte. Dunkel, fast schwarz – getrocknetes Blut.

Fenja rief Malte an. „Das ist kein einfacher Ertrinkungsfall. Jemand hat ihn verletzt, bevor er im Wasser war." Malte seufzte. „Ich weiß. Wir haben die Kiste geöffnet. Alte Papiere drin, vergilbt, aber interessant. Baupläne vom Hafen, Rechnungen, sogar ein Brief mit Drohungen. Da steht, jemand solle ‚dicht halten, sonst gibt es Ärger'. Ralf muss versucht haben, die Sache aufzudecken."

Sie verabredeten sich im alten Krabbenkutter von Kapitän Thomsen, der als provisorisches Büro diente. Während der Wind über das Deck heulte, legte Malte die Fundstücke aus. Fenja beugte sich darüber. „Das sind Unterlagen von vor zwanzig Jahren", murmelte sie. „Damals wurde der Hafen erneuert. Vielleicht gab es Unregelmäßigkeiten. Wer war damals Bauleiter?"

„Falkenhayn", antwortete Malte sofort. „Der sitzt heute noch im großen Haus hinterm Deich. Und er ist nicht gerade ein Freund von neugierigen Fragen." Fenja beschloss, ihn aufzusuchen. Sie fuhr durch das graue Nachmittagslicht, das sich über die Marsch legte, wie ein schwerer Vorhang. Das Anwesen Falkenhayns lag hinter hohen Hecken, mit einer Auffahrt aus Kopfsteinpflaster. Ein Wachhund bellte, als sie das Tor erreichte.

Falkenhayn öffnete schließlich selbst. Ein Mann mit stechenden Augen, teuer gekleidet, aber die Hände rau und kräftig wie die eines Arbeiters. „Was wollen Sie?"

„Es geht um Ralf Petersen. Sie haben damals am Hafen gearbeitet." Fenja sah ihn fest an. „Kennen Sie diese Papiere?" Sie hielt ihm eine Kopie der Baupläne hin.

…ckte mit den Schultern. „Altes Zeug. Ich … Was wollen Sie mir unterstellen?" Seine … er ein Muskel an seinem Kiefer zuckte ver-

…ocker. „Ralf ist tot. Vielleicht, weil er zu viel wusste. … nent war es still. Dann schloss Falkenhayn die Tür ein Stück … ter und sagte kalt: „Sie sollten sich raushalten, Frau Lorenzen. Manche Dinge bleiben besser begraben."

Fenja fuhr zurück, aber ihr Kopf arbeitete fieberhaft. Was hatte Ralf entdeckt? Sie durchsuchte die Unterlagen erneut und fand einen Namen, der ihr ins Auge sprang: Jens Martens, ein damaliger Bauarbeiter, der heute kaum noch im Ort gesehen wurde.

Sie spürte instinktiv, dass Martens die nächste Spur war. Malte begleitete sie am folgenden Morgen zu dessen Hütte am Rand der Salzwiesen. Der Mann, graubärtig und mit tiefen Furchen im Gesicht, öffnete nur widerwillig. „Ich hab mit der Sache nichts mehr zu tun", sagte er. „Ralf hat nie aufgehört zu graben. Er hat immer wieder gesagt, dass der Hafen damals mit billigem Material gebaut wurde. Dass es einsturzgefährdet sei. Aber keiner wollte zuhören. Ich auch nicht. Ich hab meine Ruhe gewollt."

Fenja hörte einen Unterton in seiner Stimme – Schuld und Angst. „Hat Falkenhayn ihn bedroht?" Martens wich ihrem Blick aus. „Vielleicht. Ralf hat ihn letzte Woche aufgesucht. Danach war er verändert. Nervös. Er sagte, er habe Beweise, aber niemanden, dem er trauen kann."

Noch bevor Fenja und Malte weiter fragen konnten, kam ein Anruf: Am Hafen brannte ein Schuppen. Sie eilten dorthin. Schwarzer Rauch stieg auf, der Geruch von verbranntem Holz und Öl hing schwer in der Luft. Der Schuppen gehörte Ralf Petersen.

„Das ist eine Warnung", murmelte Fenja, während die Flammen zischend von der Feuerwehr gelöscht wurden. „Jemand will verhindern, dass wir weitersuchen."

Die nächsten Stunden verbrachte sie damit, in den Ruinen des Schuppens nach Überresten zu suchen. Zwischen verkohltem Holz und rostigen Werkzeugen fand sie ein kleines, halb verbranntes Foto. Darauf drei Männer, lachend vor einem alten Krabbenkutter – Ralf, Martens und Falkenhayn. Als sie es Malte zeigte, sah er sie ernst an. „Das ist der Beweis, dass sie mehr verbindet, als sie zugeben."

Die letzte Spur führte sie erneut zum Leuchtturm. In der stürmischen Nacht hörte Fenja plötzlich Schritte auf der Treppe, ein metallisches Kratzen. Sie griff nach der Taschenlampe, doch als sie oben ankam, war niemand da. Nur ein Satz war mit Kreide an die Wand geschrieben: „Redet, oder der Deich wird fallen."

Malte stand am nächsten Morgen neben ihr, den Blick fest auf die Worte gerichtet. „Das ist keine leere Drohung. Wenn der Hafen wirklich unsicher gebaut wurde, könnte das bei einem neuen Sturm katastrophal werden." Fenja schauderte. Sie wusste, dass sie jetzt handeln mussten. Gemeinsam konfrontierten sie Falkenhayn, der schließlich ein Geständnis ablegte. Er hatte Ralf zur Rede gestellt, sie waren aneinandergeraten. Ralf war gestürzt, ins Wasser gefallen. Falkenhayn schwor, er habe nicht töten wollen. Doch die Schuld lastete schwer auf ihm.

Als Fenja später am Leuchtturm stand, sah sie auf das Meer hinaus. Das Licht des Turms strahlte über die Wellen, und für einen Moment fühlte sie, dass die Schatten der Vergangenheit vielleicht nie ganz verschwinden, aber man ihnen die Stirn bieten konnte. Der Sturm war vorbei, doch der Wind trug noch immer das Flüstern alter Geheimnisse.

21

FLUTNACHT IN DAGEBÜLL

Das Meer roch nach Sturm und Salz, und der Wind peitschte wie eine lebendige Wand gegen den Deich von Dagebüll. Anne Carstens, die Inhaberin des kleinen Deichcafés, hatte gerade die letzten Tische im Gastraum abgewischt und den Riegel der Eingangstür vorgeschoben, als sie es hörte: ein dumpfer Schlag, als würde etwas Schweres gegen die Holzplanken des kleinen Bootsstegs prallen. Sie fröstelte, obwohl sie noch immer ihre dicke Strickjacke trug. Der Sturm war angekündigt worden, doch dieses Geräusch klang anders, dumpfer, fast wie ein Hilferuf, der von den Wellen verschluckt wurde.

Anne griff nach ihrer Taschenlampe, zog die Kapuze ihrer Jacke hoch und trat hinaus in die nasse, tobende Nacht. Der Lichtkegel ihrer Lampe tanzte unruhig über den rutschigen Boden. Gischt spritzte über den Steg, der Regen prasselte wie eine Wand aus Nadeln auf sie nieder. Dann blieb sie abrupt stehen. Nur wenige Meter entfernt lag ein schwarzer Mantel, halb vom steigenden Wasser bedeckt, als würde die Flut ihn verschlingen wollen. Ein menschlicher Arm ragte aus dem Mantel heraus. Anne stockte der Atem. Mit einem Satz war sie bei der Gestalt, die reglos im Wasser hing. Sie beugte sich vor, packte den Arm und zog kräftig. Der Körper war schwer, nass, wie von der Kälte erstarrt.

Als das Gesicht im Lichtkegel sichtbar wurde, wich sie entsetzt zurück. Es war Erik Thomsen, der wortkarge Fischer, der jeden Morgen als Erster am Hafen stand, noch bevor die Sonne über dem Watt aufging. Eriks Augen waren geschlossen, sein Gesicht bleich, und am Hinterkopf klebte Blut. Anne keuchte und griff mit zitternden Fingern nach ihrem Handy. Sie rief die Küstenwache an und brachte mit stockender Stimme hervor, was sie gefunden hatte.

Kurze Zeit später traf Kommissarin Rieke Bergmann ein, zusammen mit einem Sanitäter, der nur noch Eriks Tod feststellen konnte. Der Sturm tobte noch immer, ließ Taue knallen und Metallketten gegen die Masten schlagen. Rieke kniete sich neben den leblosen Körper, der nun auf einer Plane lag, und bemerkte sofort die unnatürliche Wunde am Hinterkopf. Kein Sturz, kein Unfall – der Schlag war gezielt gewesen. „Jemand wollte, dass er nicht mehr redet," murmelte sie und wandte sich an Anne, die am Geländer des Stegs stand und nervös an ihrer Kapuze zupfte.

Anne erzählte mit zittriger Stimme, dass sie am Nachmittag einen heftigen Streit zwischen Erik und einem anderen Fischer beobachtet hatte. „Es ging um die Hafenkonzession," erklärte sie. „Die neuen Fangrechte... Erik hat gesagt, jemand hätte etwas vertuscht. Ich wollte mich da raushalten, aber er war wütend. Er meinte, dass die Wahrheit sowieso bald ans Licht kommt." Rieke hörte aufmerksam zu, machte sich Notizen, während der Regen von der Krempe ihrer Mütze tropfte. Etwas an der Szene ließ sie nicht los. Warum war Erik in dieser Nacht hier draußen gewesen? Hatte er sich heimlich mit jemandem getroffen?

Sie veranlasste, dass der Hafen weiträumig abgesperrt wurde, und ließ das Umfeld des Stegs absuchen. Das Wasser stieg bereits weiter, der Sturm drückte die Wellen gegen die Kaimauer. In der Nähe entdeckte einer der Beamten ein zerknülltes Notizbuch, halb unter Treibgut und Schlick begraben. Die Seiten waren nass, einige unleserlich, aber Rieke konnte ein paar Worte entziffern: „Treffen nach der Abendflut... jemand lügt... nicht allein gehen." Es reichte, um zu wissen, dass dies kein Zufall war.

Im Morgengrauen, als der Sturm etwas nachließ und die ersten Fischer aus den Häusern kamen, setzte Rieke die Befragungen an. Dagebüll war ein Dorf, in dem jeder jeden kannte, und dennoch schien plötzlich niemand mehr etwas gesehen oder gehört zu haben. Nur ein alter Seebär, Jens „Schorsch" Martens, erzählte widerwillig, dass er am Vorabend ein kleines Motorboot gesehen habe, das ohne Licht aus dem Hafen hinausfuhr. „Und Erik hat noch gerufen, irgendwas von ‚hör endlich auf, Hauke' oder so ähnlich. Aber ich hab mich da rausgehalten. Solche Sachen bringen nur Ärger." Hauke. Der Name ließ Rieke aufhorchen. Sie kannte ihn: Hauke Lorenzen, ein bulliger Fischer, der schon mehrfach wegen Schwarzfischerei aufgefallen war.

Rieke fuhr direkt zu Haukes Boot, das im Hafen düster vor sich hin schwankte. Der Boden war nass, als hätte jemand in Eile gereinigt. Am Steuer fand sie eine kleine Blutspritzspur, die jemand übersehen hatte. „Fahrbereitschaft für den Tag?" fragte sie spitz, als Hauke wenig später auftauchte. Er war groß, muskulös, und seine wettergegerbte Haut wirkte an diesem Morgen noch härter als sonst. „Ich habe keine Ahnung, wovon Sie reden," knurrte er, doch sein Blick wich dem ihren aus. „Erik war ein guter Mann. Ich hab nichts damit zu tun." Rieke wusste, dass er log, aber sie brauchte mehr Beweise.

Die Kommissarin ließ das Boot durchsuchen und fand unter einem Sitzpolster einen Lederriemen, der zu einer teuren Kamera gehörte. Sie erinnerte sich daran, dass Erik oft fotografierte, besonders wenn er Beweise für die illegalen Fangaktionen sammeln wollte. Wenig später fanden Taucher die Kamera zwischen den Buhnen, nur wenige Meter vom Steg entfernt. Auf der Speicherkarte waren Bilder von Rolf und Henning, die am Vortag aufgenommen worden waren. Auf den letzten Aufnahmen war ein Streit zu sehen, Hauke im Hintergrund, drohend mit einer Eisenstange. Die Luft um Rieke schien für einen Moment stillzustehen, obwohl der Sturm erneut auffrischte.

Am Nachmittag rief Anne die Kommissarin an. Sie hatte beobachtet, dass Hauke hektisch Sachen aus seiner Hütte trug, darunter eine alte Tasche und Netze. Rieke beschloss, sofort zu handeln. Zusammen mit ihrem Kollegen Marten stellte sie Hauke auf seinem Boot. „Wir haben deine Kamera," sagte sie kalt. „Wir wissen, dass du letzte Nacht hier warst. Willst du es uns selbst sagen oder sollen wir die Bilder sprechen lassen?" Hauke wurde bleich. „Es war ein Unfall," stieß er hervor. „Er hat mich provoziert. Er wollte mich bei der Polizei anschwärzen. Ich... ich hab zugeschlagen. Aber er stand wieder auf. Ich schwöre, ich wollte ihn nicht töten."

Während Hauke verhört wurde, führte Rieke ein weiteres Gespräch mit Anne. Sie erzählte ihr von Eriks letzten Worten am Tag zuvor. Er hatte etwas über ein „geheimes Abkommen" zwischen bestimmten Fischern erwähnt, die verbotene Netze und Fangmethoden nutzten. Anne war blass geworden, als sie von den Details hörte. „Er hat immer gesagt, dass das Watt alles speichert, jede Lüge, jeden Betrug," flüsterte sie. „Vielleicht hatte er recht."

Die Ermittlungen zogen sich über den Abend hin. Rieke ließ alle Beweise sichern, die Kamera, die Notizbücher, die Netze. Währenddessen zog die nächste Flut auf. Das Wasser schlug hoch gegen den Kai, und die Möwen kreischten, als ahnten sie, dass hier mehr aufgewühlt wurde als nur Sand und Schlick. Hauke schwieg nun beharrlich, doch sein Blick sprach von einer Angst, die tiefer saß als der Sturm selbst.

Spät in der Nacht saß Rieke in ihrem Wagen am Hafen und ging die Ereignisse durch. Die Bilder auf der Kamera zeigten nicht nur den Streit, sondern auch eine Kiste mit auffälligen Markierungen. Schmuggelware? Vielleicht hatte Erik etwas aufgedeckt, das weit über Hauke hinausging. Sie beschloss, den Spuren weiter zu folgen, auch wenn der Fall offiziell bald abgeschlossen werden würde.

Am nächsten Morgen, als das Dorf erwachte und sich der Sturm verzogen hatte, fuhr Rieke noch einmal zum Deich. Der Himmel war klar, das Watt glänzte im Sonnenlicht, als wäre nichts geschehen. Anne stand am Eingang ihres Cafés und sah hinaus auf die Nordsee. „Wissen Sie, Kommissarin," sagte sie leise, „es gibt Nächte, die vergisst man nie. Weil sie einem zeigen, dass hinter der Ruhe dieser Insel mehr lauert, als wir wahrhaben wollen." Rieke nickte, zog den Kragen hoch und blickte zum Horizont.

Doch kaum hatte sie den Hafen verlassen, erhielt sie einen neuen Hinweis. Ein Taucher, der das Hafenbecken weiter absuchte, hatte eine zweite Kiste gefunden, fest verkeilt zwischen alten Holzpfählen. Der Inhalt war eindeutig Schmuggelware – Elektronikgeräte, fein säuberlich in Plastik verpackt. Es war klar, dass Hauke nicht allein gearbeitet hatte. Rieke ballte die Fäuste. Es war nur die Spitze eines Netzes aus Lügen, das sich tief in den Hafen von Dagebüll verankert hatte.

Sie kehrte zurück zu Hauke, der im Verhörraum saß. Seine Hände waren schwielig, seine Augen rot vom Schlafmangel. „Du warst nicht allein," begann sie, „und ich werde herausfinden, wer noch dahintersteckt." Hauke schwieg, aber ein Zucken an seinem Mundwinkel verriet, dass sie recht hatte.

22

DIE LETZTE FÄHRE VON HÖRNUM

Der Hafen von Hörnum lag still unter einem Himmel, der schwer wie Blei über der Nordsee hing. Das Wasser im Hafenbecken bewegte sich kaum, nur leichte Wellen kräuselten sich, als die letzte Fähre des Tages einlief. Das metallische Kreischen der Anlegerketten hallte durch die Dunkelheit, während ein kalter Wind die Gerüche von Salz, Tang und Diesel vermischte. Kaum jemand stieg an diesem Abend noch von Bord, die Nebensaison hatte den Ort fast menschenleer gemacht. Unter den wenigen Passagieren war Lea Martens, die sich für einige Tage eine Auszeit gönnen wollte. Ihr Leben in Hamburg war hektisch geworden, voller Lärm und Termine, und sie sehnte sich nach Stille. Doch schon als sie den Kai betrat, spürte sie, dass hier etwas nicht stimmte.

Ein kleines Segelboot lag schief im Wasser, das Tau schlang sich lose um den Poller, das Segel hing zerrissen wie eine Fahne der Verzweiflung. Lea blieb stehen. Etwas an der Szene zog sie magisch an, obwohl ihr Instinkt schrie, sie solle weitergehen. Vorsichtig näherte sie sich, der Boden unter ihren Stiefeln war glitschig von Algen und Regen. Dann sah sie es: dunkle Flecken auf dem Holzdeck. Blut. Frisches Blut, das der Regen nur teilweise abgewaschen hatte. Ein Schauder lief ihr über den Rücken. Sie tastete in der Tasche nach ihrem Handy und rief die Polizei.

„Polizei Sylt, was kann ich für Sie tun?"
„Hier ist Lea Martens. Ich bin am Hafen von Hörnum. Da liegt ein Segelboot... da ist Blut. Jemand muss verletzt sein."
Die Stimme am anderen Ende klang ruhig. „Bleiben Sie, wo Sie sind. Wir schicken sofort jemanden."

Wenige Minuten später traf Kommissar Arvid Hansen ein. Ein großer Mann, etwa Mitte vierzig, wettergegerbtes Gesicht, graue Augen, die alles zu sehen schienen. „Zeigen Sie mir, was Sie gefunden haben," sagte er knapp. Lea deutete auf das Boot. Arvid musterte es, schritt langsam über den Steg und beugte sich über die Reling. „Das hier ist kein Unfall", murmelte er. „Sehen Sie die

Schnitte im Segel? Das ist nicht vom Wind. Das hat jemand mit einem Messer gemacht."

Lea wich zurück, unsicher, ob sie bleiben oder gehen sollte. Doch Arvid fragte sie weiter aus. „Haben Sie hier jemanden gesehen? Irgendetwas Ungewöhnliches?"
„Nur einen Mann, glaube ich. Er stand dort hinten bei den Lagerhallen. Als er mich gesehen hat, ist er verschwunden."
Arvids Blick wurde scharf. „Könnten Sie ihn beschreiben?"
Lea schüttelte den Kopf. „Es war zu dunkel."

Während sie sprachen, traf Arvids Kollegin Janna ein, die sofort begann, das Boot zu fotografieren. Auf dem Deck entdeckte sie eine leere Patronenhülse, zwischen den Planken eingeklemmt. Arvid hob sie vorsichtig mit Handschuhen auf. „Das hier wird interessant", murmelte er.

Lea konnte den Anblick nicht vergessen. Sie wollte eigentlich nur ein paar ruhige Tage am Meer verbringen, aber etwas trieb sie an diesem Abend noch einmal zurück zum Hafen. Es war bereits nach Mitternacht, als sie leise über den Kai ging. Nebel zog über das Wasser, und die Lichter der Fähre waren längst erloschen. Da hörte sie Schritte hinter sich. Sie drehte sich um – zu spät. Ein Mann mit Kapuze packte sie am Arm. „Sie haben nichts gesehen, verstanden?" knurrte er. Sein Griff war schmerzhaft, dann stieß er sie grob beiseite und verschwand in einem dunklen Geländewagen.

Lea zitterte, als sie Arvid anrief und alles erzählte. Er reagierte sofort, ließ den Hafen absperren und nahm die Verfolgung auf. Doch der Wagen war bereits verschwunden. „Wir müssen schneller sein," sagte er, als er sie kurz darauf am Hafen traf. „Die wollen etwas holen, das auf diesem Boot versteckt ist."

Am nächsten Morgen durchkämmte Arvid das Boot Zentimeter für Zentimeter. Unter der Holzbank im Cockpit fand er eine Metallkiste, schwer und verschlossen. „Schmuggelware," stellte er fest. „Vermutlich Elektronik. Das erklärt auch die Patronenhülse – hier ging etwas schief."

Er befragte die Hafenarbeiter, doch die meisten zuckten nur mit den Schultern. „Wir sehen nichts, wir hören nichts," meinte ein alter Fischer. Nur einer, ein schweigsamer Mann mit wettergegerbtem Gesicht, gab einen Hinweis. „Gestern Abend, kurz nach zehn, war ein dunkler Geländewagen hier. Zwei Männer. Sie haben gestritten." Mehr wollte er nicht sagen.

Arvid fuhr zur einzigen Pension im Ort. Dort hatte sich am Vortag ein Gast unter dem Namen „Larsen" eingemietet. Doch das Zimmer war leer, das Bett unbenutzt. Im Mülleimer fand Arvid einen Zettel: „Treffen am Anleger – 22 Uhr – nicht auffallen." Darunter eine Telefonnummer, die zu einem bekannten Schmuggler aus Flensburg führte.

Lea wollte eigentlich nichts mehr damit zu tun haben, doch sie fühlte sich in eine Geschichte verstrickt, die sie nicht ignorieren konnte. Sie ging zum Hafen zurück und sah, wie Arvid und Janna das Boot überwachten. „Kann ich helfen?" fragte sie. Arvid musterte sie einen Moment, dann nickte er. „Bleiben Sie einfach wachsam. Wer immer das hier war, der wird zurückkommen."

In der Nacht versteckten sich Arvid und Janna zwischen den Lagerhallen. Der Wind peitschte über den Kai, Regen prasselte auf die Planken. Plötzlich tauchte der Geländewagen wieder auf. Zwei Männer stiegen aus, dunkel gekleidet, mit Handschuhen. Sie gingen zielstrebig zum Boot. „Jetzt," flüsterte Arvid. Er zog die Waffe und trat aus dem Schatten. „Polizei! Hände hoch!"

Die Männer reagierten blitzschnell. Einer zog ein Messer, der andere versuchte zu fliehen. Janna rannte hinterher, rutschte fast auf dem nassen Holz aus, konnte ihn aber zu Boden bringen. Ein kurzer, wilder Kampf entbrannte, bevor sie ihn fesselten. Der zweite Mann ließ das Messer fallen und hob die Hände.

Im Verhör gaben die Männer schließlich zu, dass sie Teil einer Schmugglerbande waren. Sie hatten das Boot benutzt, um gestohlene Elektronik aus Dänemark zu bringen. Doch einer ihrer Komplizen hatte sich gegen sie gestellt. „Er wollte aussteigen," sagte einer von ihnen kalt. „Wir mussten ihn ruhigstellen."

Arvids Blick wurde hart. „Wo ist er?" Die Männer schwiegen zunächst, dann murmelte einer: „Das Meer wird ihn schon holen."

Eine großangelegte Suche begann. Boote, Drohnen und ein Hubschrauber durchkämmten die Küste. Lea beobachtete alles vom Kai aus, die Hände in den Taschen vergraben. Sie konnte den Gedanken nicht ertragen, dass irgendwo draußen ein Mensch im kalten Wasser trieb. Stunden vergingen, doch die See schwieg.

Am dritten Tag wurde die Leiche gefunden. Sie war an die Küste von Rantum gespült worden, zwischen Treibholz und Muscheln. Arvid stand schweigend daneben, als die Leichenträger den Körper abdeckten. „Wir waren zu spät," sagte er leise.

Lea fühlte sich schuldig, obwohl sie wusste, dass sie nichts hätte ändern können. „Vielleicht hätte ich etwas sagen sollen, als ich den Mann am Hafen gesehen habe," murmelte sie. Arvid legte ihr eine Hand auf die Schulter. „Sie haben uns gerufen, das war entscheidend. Ohne Sie wüssten wir von diesem Boot gar nichts."

Später, als der Fall offiziell abgeschlossen wurde, blieb Lea noch eine Weile auf Sylt. Die Tage waren stürmisch, die Nächte lang. Sie ging oft an den Hafen, beobachtete die Fischer, wie sie in der

Morgendämmerung ausliefen, und fragte sich, wie viele Geheimnisse das Meer wohl noch verschluckte.

Arvid kam eines Abends vorbei, setzte sich neben sie auf die Bank am Kai. „Es ist nicht einfach, solche Bilder aus dem Kopf zu bekommen," sagte er. „Aber wir dürfen nicht vergessen, warum wir kämpfen – auch wenn wir nicht jeden retten können." Lea nickte stumm.

Die Fähre legte ab, die Wellen schlugen träge gegen den Rumpf, und das Licht des Leuchtturms glitt wie ein stummer Wächter über das Wasser. Für einen Moment wirkte alles friedlich.

23

FLUTNACHT AUF AMRUM

Der Wind hatte bereits am Nachmittag aufgefrischt, als hätte er geahnt, was kommen würde. Über Amrum legte sich ein Himmel, der immer dunkler wurde, fast schwarz im Westen, wo das Meer unruhig schäumte. Die Fischer im Hafen von Wittdün befestigten ihre Boote, warfen zusätzliche Taue über Poller und schauten mit ernsten Gesichtern hinaus auf die Wellen. Eine Sturmwarnung war ausgesprochen, doch niemand konnte ahnen, dass dieser Abend nicht nur das Meer, sondern auch die Inselbewohner in Aufruhr versetzen würde.

Mara Christiansen, die den kleinen Souvenirladen am Hafen führte, schloss früher als üblich. Sie wollte noch einmal zum Kniepsand hinauf, bevor der Sturm so richtig losging. Doch als sie den hölzernen Steg betrat, bemerkte sie etwas, das ihr das Blut in den Adern gefrieren ließ: Zwischen den Holzplanken, knapp unter der Wasseroberfläche, trieb etwas Dunkles. Zuerst dachte sie an ein Bündel Treibgut, dann sah sie den Arm. Starr, bleich und reglos.

Mit zitternden Fingern wählte sie die Nummer der Polizei. „Hier ist Mara Christiansen… am Steg, beim Südhafen… da ist jemand im Wasser." Ihre Stimme überschlug sich beinahe. „Es ist… ich glaube, er ist tot."

Nur wenige Minuten später traf Kommissar Thies Merten ein, zusammen mit seinem Kollegen Peer. Die beiden Männer kannten die Insel wie ihre Westentasche. Thies, Anfang fünfzig, war keiner, der sich leicht aus der Ruhe bringen ließ, doch der Anblick des Körpers ließ auch ihn kurz innehalten. Der Tote war ein Mann Mitte vierzig, mit zerzaustem, sandverkrustetem Haar. Er trug eine dunkelblaue Ölzeugjacke, die an mehreren Stellen aufgerissen war. Eine tiefe Wunde zog sich über die Stirn.

„Rufen Sie die Küstenwache und die Spurensicherung," sagte Thies ruhig, aber bestimmt. Peer nickte und griff zum Funkgerät. Mara stand noch immer am Steg, die Hände an der Jacke verkrampft. „Kennen Sie ihn?" fragte Thies sie. Sie schüttelte den Kopf. „Nein. Ich... ich habe so etwas noch nie gesehen."

Der Körper wurde aus dem Wasser geborgen und zum kleinen Polizeiposten gebracht, der direkt neben dem Fähranleger lag. Noch bevor der Regen richtig einsetzte, begann Thies, erste Nachforschungen anzustellen. In der Jackentasche des Toten fanden sie eine zusammengeknüllte Quittung – von einer Pension, nur zwei Straßen weiter. „Haus Dünentraum," las Peer. „Vielleicht ist er ein Urlauber."

Sie gingen sofort dorthin. Die Besitzerin, eine ältere Dame mit strengem Dutt, wirkte überrascht, als sie die Namen hörte. „Ja, Herr Weber. Stefan Weber, aus Kiel. Er hat vor drei Tagen bei uns eingecheckt. Ein ruhiger Mann, aber... gestern Abend hat er telefoniert. Laut. Es ging um Geld, glaube ich." Sie hielt kurz inne, dann fügte sie hinzu: „Heute Morgen ist er früh raus. Er sagte, er wolle zum Leuchtturm."

Thies notierte alles und ließ die Wirtin seine Karte behalten. „Falls Ihnen noch etwas einfällt, melden Sie sich sofort." Dann wandte er sich zu Peer. „Wir sehen uns den Leuchtturm an."

Der Weg dorthin führte durch Dünen, die bereits im Wind bebten. Dünengras bog sich wie erstarrte Wellen. Am Fuß des Leuchtturms fanden sie Spuren – Schuhabdrücke, tief und frisch, und dazwischen etwas Dunkles: eine kaputte Taschenlampe. Daneben lag eine einzelne Patrone. „Das hier wird immer merkwürdiger," murmelte Thies. Peer kniete nieder, sah sich die Spuren genauer an. „Es waren zwei Personen hier. Unterschiedliche Schuhgrößen."

Am Abend, als der Sturm seinen Höhepunkt erreichte, klopfte es an Maras Haustür. Sie zuckte zusammen. Vor ihr stand eine Frau, Anfang dreißig, völlig durchnässt, die Augen weit aufgerissen. „Sind Sie Mara Christiansen?" fragte sie keuchend. „Ich... ich bin

Jana Weber. Mein Bruder… ist er hier?" Mara brauchte einen Moment, um zu begreifen. „Ihr Bruder… Stefan?"

Jana brach fast zusammen, als Thies wenig später die Tür öffnete und sie hereinbat. „Es tut mir leid, Frau Weber. Ihr Bruder ist heute im Hafen gefunden worden." Jana schlug die Hände vors Gesicht. „Ich habe es geahnt," flüsterte sie. „Er hat mich gestern noch angerufen. Er meinte, er hätte etwas entdeckt, das gefährlich ist."

„Was genau?" fragte Thies scharf. Jana schüttelte den Kopf. „Er sagte nur, es ginge um einen alten Schmugglerring. Dass er Beweise hätte. Und dass er nicht wisse, wem er hier trauen kann."

Diese Worte ließen Thies aufhorchen. Schmuggelware war an der Küste kein unbekanntes Thema, aber seit Jahren hatte es keinen großen Fall mehr gegeben. Könnte es sein, dass Stefan Weber zufällig auf eine Lieferung gestoßen war?

Am nächsten Morgen trotzte Thies dem Regen und suchte erneut die Umgebung des Leuchtturms ab. Dieses Mal fand er ein Stück Seil, das wie abgeschnitten wirkte, und in der Nähe des Kliffs deutliche Schleifspuren. Als hätte jemand etwas Schweres Richtung Wasser gezogen. „Vielleicht wurde er gar nicht im Hafen getötet," überlegte Peer. „Vielleicht ist er hier gestürzt, und man hat den Körper zum Steg gebracht, um uns zu verwirren."

Noch während sie den Fundort untersuchten, meldete sich eine Zeugin. Eine junge Frau, die im Café „Möwenblick" arbeitet. „Gestern Abend war ein Mann hier," berichtete sie. „Er hatte einen schwarzen Kapuzenmantel, und er fragte nach Stefan Weber. Ich hab ihm gesagt, dass ich ihn nicht kenne, aber er hat mich so komisch angesehen, als ob er genau wüsste, dass ich lüge."

Thies ließ sofort alle Unterkünfte prüfen. Ein Mann, der sich als „Hauke Claasen" eingetragen hatte, passte auf die Beschreibung. Doch als sie in der Pension ankamen, war das Zimmer leer. Zurück blieb nur ein abgerissener Fährschein – Abfahrt morgen früh nach Föhr.

Die Nacht wurde unruhig. Der Sturm peitschte die Insel, und das Heulen des Windes schien die Nerven aller Anwohner blankzulegen. Mara konnte nicht schlafen. Immer wieder blickte sie hinaus auf das dunkle Meer, das wie eine schwarze Mauer gegen die Küste drückte. Kurz nach Mitternacht hörte sie Motorengeräusche vom Hafen. Sie griff zum Telefon und rief Thies an. „Da ist jemand," flüsterte sie. „Am Steg. Ich sehe Licht."

Thies war sofort hellwach. Zusammen mit Peer raste er zum Hafen. Der Regen prasselte wie Nadeln, der Wind zerrte an den Regenjacken. Am Kai entdeckten sie ein kleines Motorboot, dessen Motor noch lief. Eine Gestalt sprang gerade von Bord und rannte in Richtung Lagerhallen. „Halt! Polizei!" brüllte Thies und nahm die Verfolgung auf. Peer schnitt dem Mann den Weg ab, und nach einem kurzen Gerangel konnten sie ihn überwältigen. Es war Hauke Claasen.

Im Verhör stellte sich heraus, dass Hauke ein Mittelsmann für eine Schmugglerbande war, die über Amrum illegale Elektronik und Kunstgegenstände einschleuste. Stefan Weber war ihnen zufällig auf die Schliche gekommen, als er am Leuchtturm fotografierte. Hauke gab zu, ihn bedroht zu haben. „Ich wollte nur, dass er die Klappe hält. Aber er hat sich gewehrt. Es war ein Unfall." Thies glaubte ihm kein Wort.

Mit den Informationen von Hauke gelang es der Polizei, ein weiteres Versteck zu finden: Ein alter Schuppen am Norddorfer Strand, in dem mehrere Kisten mit Schmuggelware lagen. Alte Gemälde, teure Uhren, sogar ein paar Waffen. Die Beweise waren eindeutig. Die Bande war größer, als Thies gedacht hatte.

Jana Weber stand am Kai, als die letzten Kisten verladen wurden. Sie sah schweigend auf das Meer hinaus. „Mein Bruder wollte nie

Ärger machen," sagte sie leise. „Er war einfach neugierig. Zu neugierig." Thies nickte. „Manchmal reicht das, um zur falschen Zeit am falschen Ort zu sein."

Die Tage danach brachten wieder Sonnenschein und klare Luft. Die Fischer gingen ihrem Alltag nach, Touristen schlenderten über die Promenade, als wäre nichts gewesen. Doch Mara, die in ihrem Laden Muscheln und Postkarten sortierte, konnte die Bilder nicht vergessen: den Arm im Wasser, das schiefe Segelboot, den Sturm. Sie wusste, dass diese Nacht ihr Bild von der Insel für immer verändert hatte.

Thies hingegen stand eines Abends am Kniepsand, der Blick auf den Horizont gerichtet. Die Nordsee lag still, fast trügerisch friedlich. Er dachte an Stefan Weber, an die Schmugglerbande, an das fragile Gleichgewicht zwischen Idylle und Gefahr. „Die See nimmt und gibt," murmelte er. „Aber sie vergisst nichts."

Peer trat neben ihn. „Wir haben Glück gehabt, dass wir Hauke rechtzeitig erwischt haben. Sonst wären wir im Dunkeln getappt." Thies nickte. „Und trotzdem... ich frage mich, wie viele dieser Geschichten unentdeckt bleiben."

Mara sah die beiden Männer von weitem und dachte daran, wie knapp es gewesen war. Vielleicht war es nur Zufall gewesen, dass sie an diesem Abend auf den Steg gegangen war. Vielleicht auch Schicksal. Die Insel schwieg darüber, wie sie immer schwieg, wenn etwas zu nah ans Herz ging.

24

DIE VERSCHWUNDENE SÄNGERIN

Das Licht der Nordsee war an diesem Morgen stumpf und matt. Ein bleigrauer Himmel drückte auf die Dächer von Cuxhaven, und der Wind zerrte an den Fahnen der kleinen Boote, die im Hafen dümpelten. Kommissarin Jara Frandsen zog den Kragen ihrer Jacke hoch, als sie über das nasse Pflaster ging. Es roch nach Salz, Diesel und nassem Holz – nach diesem typischen Hafenmix, der jeden Tag gleich und doch immer anders war. Ein Fischer grüßte wortlos, und sein Blick verriet, dass er längst gehört hatte, warum Jara hier war.

Eine junge Frau war verschwunden – Lea Hartwig, eine Sängerin aus Hamburg, die am Vorabend in einer kleinen Hafenkneipe aufgetreten war. Sie war für ihre warme Stimme und ihre melancholischen Balladen bekannt, ein aufsteigender Stern der Küstenszene. Doch nach ihrem Auftritt hatte sie niemand mehr gesehen. Ihr Mikrofon lag noch auf der Bühne, das Kabel lose aufgerollt, als hätte sie es eilig gehabt.

Jara betrat die „Seemöwe", eine urige Kneipe, in der die Luft von Zigarettenrauch, Bier und dem Klang der letzten Akkorde vibrierte. Der Wirt, ein Mann mit wettergegerbtem Gesicht und Augen wie Schiffsleuchten, polierte wortlos Gläser. „Sie haben Lea gestern gesehen?" fragte Jara und setzte sich an den Tresen. Der Mann nickte knapp. „Sie war gut drauf. Hat gesungen, als hätte sie das Meer im Herzen. Aber nach Mitternacht... da war sie plötzlich weg. Niemand hat sie gehen sehen." Er wischte mit dem Lappen über eine nasse Stelle auf dem Holz. „Nur ihre Gitarre stand noch da."

Jara ließ sich nicht mit knappen Antworten abspeisen. „Gab es Streit? Irgendetwas Auffälliges?" Der Wirt zögerte, dann zeigte er auf einen der hinteren Tische. „Da saß ein Typ, den ich noch nie gesehen habe. Schwarze Jacke, Kapuze tief im Gesicht. Hat sie während des Auftritts nicht aus den Augen gelassen. Als sie eine Pause machte, ist er zu ihr an den Tresen gegangen. Mehr weiß ich nicht."

Diese Spur war dünn, aber es war ein Anfang. Jara sprach mit den Gästen, die gestern dort gewesen waren. Einige konnten sich an den Mann erinnern – groß, breitschultrig, kaum ein Wort gesagt. Ein LKW-Fahrer meinte sogar, ihn auf dem Parkplatz vor der Kneipe gesehen zu haben, als Lea kurz nach draußen ging. „Er ist ihr gefolgt", murmelte er, „aber ob die zusammen gegangen sind... keine Ahnung."

Draußen pfiff der Wind über die Kaimauer. Jara ging zum Parkplatz. Der Regen hatte Pfützen hinterlassen, in denen sich der Himmel spiegelte. Zwischen den nassen Reifenabdrücken entdeckte sie einen silbernen Anhänger – eine kleine, geprägte Möwe, wie man sie auf Jahrmärkten kaufen konnte. Es war kein Beweis, aber sie steckte ihn ein. Manchmal waren es die kleinen Dinge, die eine Geschichte erzählten.

Im Kommissariat wertete sie die Überwachungskameras der Umgebung aus. Auf einem verschwommenen Bild erkannte sie Lea, wie sie den Parkplatz verließ. Neben ihr die dunkle Gestalt des Mannes. Sie trug noch ihr Bühnenoutfit, ein schwarzes Kleid, das unter der Straßenlaterne schimmerte. Nach wenigen Metern bog der Mann sie in eine Seitengasse ab. Danach – nichts. Die Spur verlor sich im Schatten der Nacht.

Jara fuhr dorthin. Die Gasse war schmal, das Kopfsteinpflaster noch immer feucht. Ein paar Mülltonnen standen am Rand, und eine Katze huschte davon, als sie sich bückte. Unter einem alten Holztor fand sie eine getrocknete Blutspur – nicht viel, aber genug, um zu wissen, dass hier etwas passiert war. „Sicherung anfordern," murmelte sie ins Funkgerät.

Noch während die Spurensicherung anrückte, sprach Jara mit einem alten Hafenarbeiter, der die Nacht durch am Dock gearbeitet hatte. „Ich hab' nichts gehört," sagte er, „aber da war ein Lieferwagen. Dunkelblau, keine Aufschrift. Der stand hier gegen halb zwei. Ich dachte, der gehört zu den Fischern." Er zeigte auf die Gasse. „Vielleicht haben sie sie da reingezerrt."

Die Hinweise verdichteten sich. Jara ließ die Fahrzeugbewegungen überprüfen, und tatsächlich hatte ein Überwachungsvideo eines Supermarktes in der Nähe einen blauen Transporter festgehalten. Das Kennzeichen war teilweise zu erkennen. Es führte zu einem gewissen Lars Mentz, einem Mann mit Vorstrafen wegen Diebstahls und Erpressung. Jara kannte den Namen – ein zwielichtiger Typ, der früher in der Gegend für Ärger gesorgt hatte.

Sie fuhr zu seiner letzten bekannten Adresse. Ein alter Hof, verfallen, irgendwo hinter dem Deich. Das Gras stand hoch, und der Wind sang ein schauriges Lied zwischen den morschen Brettern. Jara betrat die Scheune, die wie eine offene Wunde im Nebel lag. Drinnen roch es nach feuchtem Stroh und kaltem Metall. Auf dem Boden lagen zerbrochene Flaschen und eine alte Decke. „Lea?" rief Jara. Keine Antwort. Nur das Pfeifen des Windes.

Zurück im Kommissariat ließ sie Leas Umfeld überprüfen. Ein Anruf bei deren Manager brachte Licht ins Dunkel. „Lea hat mich gestern Abend noch angerufen," erzählte er. „Sie klang aufgewühlt, meinte, sie habe das Gefühl, verfolgt zu werden. Ich habe gedacht, sie übertreibt. Aber sie hat auch erwähnt, dass jemand von ihrem neuen Song wusste, obwohl sie ihn niemandem gezeigt hatte." Ein Raubüberfall auf einen Songtext? Jara wusste, dass das seltsam klang, aber sie hatte schon Verrückteres erlebt.

Die Spur führte erneut zum blauen Lieferwagen. Mit einem Durchsuchungsbefehl kehrte sie zu Lars Mentz zurück. Dieses Mal war er da. Ein massiger Kerl, der sie abwertend musterte. „Was wollen Sie?" Jara blieb ruhig. „Wo ist Lea Hartwig?" – „Nie gehört," knurrte er. Doch als sie ihm das verschwommene Video zeigte, auf dem seine Silhouette neben Leas zu sehen war, flackerte etwas in seinen Augen. „Das... das ist nicht, was Sie denken," stammelte er.

Die Suche wurde intensiver. In einer alten Hütte am Rande des Deichs, nur wenige Kilometer entfernt, fanden sie schließlich Hinweise – Leas Schal, zerrissen und nass, lag zwischen Treibholz und Seetang. Daneben ein Notenblatt, zerknittert, aber eindeutig von ihr. Es war, als hätte sie Spuren hinterlassen, in der Hoffnung, dass jemand sie findet.

Die Stunden vergingen quälend langsam. Jara wusste, dass die Zeit gegen Lea lief. Der Sturm zog auf, das Wasser stieg. In dieser Nacht schien die Nordsee ihre dunkelste Seite zu zeigen. Mit einer kleinen Einheit der Küstenwache durchkämmte sie das Gebiet hinter den Deichen. Die Lichter der Suchscheinwerfer schnitten wie helle Finger durch die Dunkelheit. „Hier drüben!" rief einer der Beamten plötzlich. Sie rannten los.

Hinter einem aufgelassenen Bootsschuppen, halb von Netzen und Holz verdeckt, fanden sie Lea – erschöpft, zitternd, aber lebend. Sie hatte sich offenbar befreien können, war jedoch gestürzt und hatte sich den Fuß verletzt. „Sie wollten mich nicht wegen des Songs," flüsterte sie, als Jara sie stützte. „Sie haben im Publikum über einen Deal gesprochen. Ich habe es gehört. Das war ihr Fehler."

Lea erzählte, dass sie zufällig ein Gespräch zwischen Lars Mentz und einem anderen Mann belauscht hatte, die einen Schmuggel über den Hafen planten. Als Mentz merkte, dass sie zu viel wusste, hatte er sie verfolgt. „Er hat mich gezwungen, mitzukommen. Ich dachte, ich sterbe da draußen," sagte sie mit brüchiger Stimme.

Lars Mentz wurde am nächsten Morgen festgenommen. Bei der Durchsuchung seines Hofes fanden sie Beweise für einen großangelegten Schmuggel von Elektronik und Luxusgütern. Lea wurde ins Krankenhaus gebracht, wo sie langsam zu Kräften kam. „Ich dachte immer, die Nordsee wäre mein Glücksort," sagte sie, „aber letzte Nacht... war sie mein Alptraum."

Jara saß später am Hafen, als die ersten Sonnenstrahlen durch die Wolken brachen. Möwen kreischten, und die Boote schwankten im Rhythmus der Wellen. Es war ein neuer Tag, aber der Fall hatte seine Spuren hinterlassen. Sie sah auf die Möwen, die über dem Wasser kreisten, und dachte daran, wie knapp Lea dem Tod entkommen war. Der Hafen wirkte friedlich – zu friedlich für das, was hier geschehen war.

Noch während sie ihren Kaffee trank, klingelte ihr Handy. Der Kollege von der Spurensicherung meldete sich: „Wir haben etwas gefunden. In einer der Kisten auf Mentz' Hof – ein versteckter Speicherstick. Darauf sind Aufnahmen von mehreren Übergaben am Hafen." Jara lächelte bitter. „Dann ist das hier wohl noch nicht vorbei."

ÜBER DIE AUTORIN

Elke Ahrens hat ihre Wurzeln an der Nordseeküste, wo raue Winde, das ewige Spiel der Gezeiten und die Weite des Wattenmeers ihren Alltag prägen. Schon als Kind lauschte sie gern den alten Geschichten von Fischern, Schiffbrüchigen und verborgenen Geheimnissen hinter den Deichen. Aus dieser Faszination entstanden über die Jahre hinweg ihre eigenen Kurzgeschichten – mal mysteriös, mal düster, aber immer mit einer Prise norddeutscher Bodenständigkeit.

Die hier versammelten Krimis sind das Ergebnis langjähriger Notizen, Beobachtungen und Einfälle, die Elke Ahrens in den letzten Jahren gesammelt hat. Mit scharfem Blick für die Atmosphäre der Küste verwandelt sie Orte wie stille Häfen, einsame Deiche oder verlassene Strandkörbe in Schauplätze von Verbrechen, die genauso überraschend wie beklemmend sind.

Mit dieser Sammlung präsentiert Elke Ahrens ihre erste Veröffentlichung – ein Herzensprojekt, das die Liebe zur Nordsee mit ihrer Leidenschaft für spannende Geschichten verbindet.

IMPRESSUM

Deutschsprachige Erstausgabe September 2025

Elke Ahrens wird vertreten durch
Imo Ldt.
Georgiou Karaiskaki 11-13
Carisa Salonica, Office 102
7560 Pervolia, Larnaca
Republic of Cyprus

Sie haben Fragen? Schreiben Sie uns eine Mail an kontakt@lmo-ltd.de

Covergestaltung: Wolkenart - Marie-Katharina Becker,
www.wolkenart.com
Satz: LE Unlimited
Lektorat: Franziska Boldt
Korrektorat: Franziska Boldt
Herstellung und Verlag: Imo Ltd.
1. Auflage
ISBN: 978-9925-8251-0-3

Dieses Buch wurde in Übereinstimmung mit den GPSR-Richtlinien der EU zur Sicherheit von Produkten erstellt.

Die Verordnung über die allgemeine Produktsicherheit ist der aktualisierte Rahmen der Europäischen Union, um sicherzustellen, dass alle Verbraucherprodukte, einschließlich Bücher, für Verbraucher sicher sind.

Dieses Buch wurde von Libri Plureos GmbH gedruckt. Der Drucker hat Sicherheitszertifikate für die verwendeten Materialien wie Tinte, Papier und Kleber ausgestellt.

Die Produktkennung ist: 9789925825103

Der Autor ist für den Inhalt des Buches verantwortlich und hat das Buch von Bookmundo produzieren lassen.

Sollten Sie Fragen zur Sicherheit des Produkts haben, kontaktieren Sie uns bitte.

Bookmundo
Delftsestraat 33
3013AE Rotterdam
Die Niederlande
info@bookmundo.com